로또부터 장군까지 8

2023년 12월 20일 초판 1쇄 인쇄
2023년 12월 26일 초판 1쇄 발행

지은이 게르만
발행인 강준규

기획 이기헌 왕소현 임동관 박경무 강민구 조익현
책임편집 오영란
마케팅지원 이원선

발행처 (주)로크미디어
출판등록 2003년 3월 24일
주소 서울시 마포구 마포대로 45 일진빌딩 6층
Tel (02)3273-5135 **Fax** (02)3273-5134
홈페이지 rokmedia.com **E-mail** rokmedia@empas.com

ⓒ 게르만, 2023

값 9,000원

ISBN 979-11-408-1206-6 (8권)
ISBN 979-11-408-1132-8 04810 (세트)

ROK
MEDIA
로크미디어

로또부터 장군까지

게르만 현대 판타지 장편소설 **8**

CONTENTS

Chapter 1

"대침투 작전은 침투하는 적…… 즉. 인원이 통과하지 못하도록 막아 내는 겁니다. 주둔지를 지키는 것과는 다르다는 점 확실히 해 두셔야 합니다."

　본격적이 브리핑이 시작됐다.

　대한의 설명에 이영훈이 손을 들었다.

　"지역을 지키는 건 똑같은 거 아닙니까?"

　"다릅니다. 주둔지를 지킬 때는 위치가 발각되어도 되지만 대침투 작전 간에는 은엄폐 하고 있는 위치가 발각되면 안 됩니다. 적에게 먼저 발각되는 순간 저희는 대침투 작전에 실패한 것입니다."

　"그럼 적이 침투한 걸 보고도 가만히 있습니까?"

"제압 가능한 거리에 있다면 배정받은 구역에서 잠깐 벗어나 제압을 실시하면 되지만 그렇지 않은 거리라면 기동타격대를 이용해 적을 제압하면 됩니다."

대한의 대답에 이영훈을 비롯한 다른 간부 몇몇이 고개를 끄덕인다.

대한의 설명이 이어졌다.

"조금 전 단장님과 특공여단장이 협의한 내용으로는 저희 주 둔지에서 앞 도로를 중심으로 양옆의 야산까지 침투 경로로 설정해 두었습니다. 특공여단의 목표는 금호읍에 도착하는 것이고 제가 오후부터 각 중대별로 담당 구역과 각 진지를 직접 돌아다니며 배정해 드리겠습니다."

대한의 말이 끝나자 정우진이 손을 들고 질문을 시작했다.

"통신 대책은?"

"간부 진지에 무전기를 배속시킬 겁니다. 그리고 그 간부 진지 양옆으로 병사들 진지를 가깝게 배치하고 줄을 연결해 신호를 줄 생각입니다."

"그러면 큰 문제는 없겠네. 장애물은 어떤 걸 쓸 거지? 중대별로 준비가 필요하면 바로 준비해 놓을게."

"낚싯줄만 많이 챙겨 주시면 됩니다."

"발성 장애물 같은 건 필요 없고?"

"예, 필요 없습니다."

발성 장애물이란, 건드리는 순간 소리가 나는 적의 동태를 알

로또부터
장군까지

리는 장애물을 뜻했다.

그렇기에 정우진이 고개를 갸웃거렸다.

"왜지? 야간에는 식별이 힘들 수도 있으니 발성 장애물이 있으면 식별에 용이할 텐데?"

대한도 저런 점들 때문에 발성 장애물을 준비할까 생각했다.

하지만 이내 생각을 접었다.

그 이유는 바로.

"훈련 전날부터 병사들의 밤낮을 바꿔 버릴 생각입니다."

"밤낮을 바꾼다고?"

"어차피 발성 장애물도 다들 잠들어 있으면 듣지 못합니다. 야간에 식별이 아무리 안 된다고 하더라도 또렷하게 깨어 있다면 낙엽 소리도 발성 장애물만큼이나 또렷하게 들릴 겁니다."

"그래도 없는 것보단 있는 게 좋지 않나?"

역시 육사가 다르긴 하네.

정우진의 꼼꼼한 질문 수준에 대한이 미소 지으며 답했다.

"두 부대 모두 시작과 동시에 부대에서 출발하기로 했습니다. 특공여단이랑 저희 부대가 가까운 건 알고 계시지 않습니까?"

"알지. 15분 거리쯤 되나?"

"예, 맞습니다. 그 15분 동안 저희가 진지에 투입할 수 있을 거라고 생각하십니까?"

정우진은 대한의 질문에 머릿속으로 시뮬레이션을 돌려보았다.

그리고 그 어느 때보다 냉정하게 머리를 굴렸고 이내 고개를 내저으며 답했다.

"그렇네. 숙련되지 않은 상태면 힘들 것 같네."

"저도 같은 생각입니다. 하지만 혹한기 훈련 전까지 매일같이 훈련을 실시한다면 15분 안에 진지 투입이 가능할 거라 생각합니다."

"그럼, 발성 장애물 설치는 시간상 제외하는 게 맞겠군. 괜히 설치한다고 시간 끌어서 진지가 적발되는 것보단 낫지."

정우진 덕분에 기본적인 설명을 모두 다 할 수 있었다.

정우진의 말이 끝나자 대한은 이원영을 바라보았다.

그 시선에 이원영이 고개를 끄덕인 후 간부들에게 말했다.

"각 중대로 복귀해서 진지투입 물품 준비 확실하게들 해라. 길면 4박 5일 간 진행해야 하니까 보온에 확실히 신경 쓰고."

"예! 알겠습니다."

"좋아, 그럼 해산."

이원영의 말에 간부들이 지휘 통제실에서 빠르게 사라졌다.

그도 그럴 게 준비할 시간이 얼마 남지 않았으니까.

대한도 자리에서 일어나며 이원영에게 말했다.

"기동타격대 인원들 따로 교육 시켜 놓겠습니다."

"기동타격대는 따로 훈련할 거 있나?"

"제가 기동타격대랑 같이 움직일 예정이라 크게 훈련이 필요할 건 없을 것 같습니다. 검문소를 운용하는 인원들만 따로 훈련시키면 될 것 같습니다."

"알겠다. 기동타격대랑 검문소 준비해서 오후에 보자."

"아, 혹시 특공여단장이 침투 인원 몇 명인지 알려 주었습니까?"

"아니, 그렇잖아도 물어봤는데 적한테 병력이 어떻게 되냐고 물어보냐고 욕먹었다."

아쉽네.

몇 명인지 알려 줬으면 더 좋았을 텐데.

그래도 특공여단 전원이 침투하는 게 아니라서 다행이었다.

'여단 전 병력이 침투하면 그게 침투냐? 전쟁이지.'

대한은 아쉬운 마음을 감춘 채 기동타격대를 임명하기 위해 대대로 내려갔다.

대한은 대대에 복귀하자마자 인사과로 향했고 인사과에 있던 고종민이 대한을 발견하고는 반갑게 인사했다.

"어, 왔어?"

"충성. 뭐 하고 계셨습니까?"

"아까 네가 말해 준 것들 중에 뭐 숙지해 놓을 게 있나 싶어서 다시 한번 확인하던 중이었지."

힘겹게 웃는 고종민을 보는데 대한은 괜히 짠함이 느껴졌다.

그도 그럴 게 고종민은 장기 복무에 대한 의지가 가득했는데 들리는 소문으로는 다른 대대에서 장기 선발 인원이 거의 확정 됐다고 들었기 때문이다.

'공병단에선 한 명이 최대라 어쩔 수 없지.'

물론 이번 기회를 놓치면 다음번에도 기회가 있긴 했지만 고종민은 단기 복무자였다.

군 장학생만 됐어도 이렇게 피 말리게 있진 않아도 될 터지만 어쩌겠는가. 그 증거로 고종민의 책상 위 달력에는 그날그날 무슨 일을 했는지 가득히 적혀 있었다.

'아마 지원 서류나 면접 때 써먹기 위함이겠지.'

그래서 이번 기회에 고종민을 좀 도와주기로 했다.

고종민이 물었다.

"근데 인사과는 웬일이야? 심심해서 온 건 아닐 거고."

"다름이 아니라 선배님 장기 선발되게 도와드리려고 왔습니다."

"응? 네가? 어떻게?"

그 물음에 대한이 씩 웃으며 대답했다.

"이번 대침투 작전 때 선배님이 기동타격대 운용을 맡아 주시면 됩니다."

대한은 고종민에게 이번 훈련에서 가장 중요한 임무를 던져 주었다.

✳

그날 오후.

대한은 산을 이리저리 뛰어다니며 단과 대대의 병력들의 진지를 잡아 주고 있었다.

"앞에 있는 나무에 진지를 확인할 수 있도록 표시하시길 바랍니다!"

원래라면 해선 안 될 행동이다.

대침투 작전 훈련이 성행할 때는 이렇게 미리 표시해 두는 것이 아니라 지도만 보고 찾아가야 했으니까.

하지만 지금은 대침투 작전 훈련이 성행할 때도 아니고 무엇보다도 전문 평가관이 아닌 소장이 평가하러 오는 상황.

그러니 이런 식으로 미리 나무 등에 표시를 해 두면 진지 투입에 훨씬 더 용이할뿐더러 지우기만 잘 지우면 딱히 꼬투리 잡힐 일도 없다는 말.

그뿐만이 아니었다.

"지금 있는 진지에서 4박 5일 동안 지낼 수도 있습니다. 화장실은 최대한 멀리 마련해 두시고 은엄폐 할 곳을 최대한 편하게 만들어 두십쇼."

대한은 할 수 있는 편법은 모두 취했다.

좋은 게 좋은 거라고 이번 대결에서 만큼은 반드시 이겨야만 했으니까.

잠시 후, 대한은 병력들이 진지에 모두 투입된 것을 확인한 다음, 도로에서 주변을 살피고 있는 이원영과 박희재에게 다가

갔다.

"이제 통신 확인하시면 될 것 같습니다."

이원영은 무전기를 켠 뒤 무전기가 있는 진지들을 하나씩 부르기 시작했다.

"1진지 응답 바람."

―1진지, 진지 투입 완료.

"2진지 응답 바람."

―2진지, 진지 투입했다고 알림.

이원영은 무전기가 있는 모든 진지를 확인했고 이어서 적을 발견했을 시 보고를 하는 것도 연습을 실시했다.

대한은 막힘없이 진행되는 연습에 흡족함을 표했다.

'전부 A급 간부들만 배치했나 다들 잘하네.'

보통은 소통이 안 돼서 지휘관들이 답답해하는 게 기본이었다. 그러다 열받아서 샤우팅 한번 갈겨 주고.

그도 그럴 게 다른 훈련도 마찬가지지만 모든 훈련이 지휘관들 마음처럼 잘 진행되진 않는다.

직접 얼굴 보고 하는 훈련도 매끄럽지 못한데 편하게 앉아서 무전만 하는 훈련은 오죽할까.

그렇기에 대한은 이번 연습에서 간부들의 열의를 확실하게 느꼈다.

'진짜 이기고 싶긴 한가 보네.'

대한은 무전 훈련을 잠시 지켜보고는 두 사람에게 말했다.

"단장님, 고종민 중위랑 저랑 한 바퀴 돌고 오겠습니다."

"어, 그래. 훈련은 알아서 시키고 있을 테니 천천히 돌고 오너라."

"예, 다녀와서 보고드리겠습니다. 충성!"

대한은 이원영에게 경례를 한 후 곧장 고종민에게 전화했다.

"선배님, 차 끌고 나오십쇼."

─오케이!

고종민은 부대에서 2.5톤 마이티를 끌고 나와 대한을 태운 뒤 곧장 주변 마을을 돌아다니기 시작했다.

그리고 부대에서 제일 가까운 슈퍼에 들어가 보이는 족족 들어가 음식들을 모조리 쓸어 담았다.

"아이고, 뭔 훈련 하나 보네?"

"아, 예. 혹한기 훈련합니다."

"뭐 더 필요한 거 있어?"

"먹을 것들 싹 다 꺼내 와 주십쇼."

"알았어, 잠시만."

슈퍼를 운영하는 할머니가 창고에 있던 것까지 싹 다 가지고 왔고 대한은 하나도 빠짐없이 모두 현금으로 결제해 주었다.

할머니는 거물 손님을 만난 기념으로 물건 값을 좀 깎아 주려 했다.

하지만 대한은 그런 할머니의 호의를 단칼에 거절하고 다른 호의를 요구했다.

"할머니 혹시 연락처 좀 부탁드려도 될까요?"

"왜? 물건 들어오면 연락 줄까?"

"그거 부탁드리려고 한 건 아닌데 물건 들어오면 또 연락 주십쇼. 또 사러 올게요."

"아유, 그럼 당연히 연락해 줘야지. 내 살면서 이렇게 많이 팔아 본 건 처음이야. 그래, 뭔 부탁을 하려고?"

대한은 할머니에게 다가가 은밀하게 부탁을 전달했고 할머니는 거물 손님의 부탁을 듣고는 비장한 표정으로 고개를 끄덕였다.

"후후, 정말 그거면 돼? 그런 거라면 걱정하지 마, 군인 총각."

"하하, 그럼 믿고 있겠습니다."

"그래, 조심히 가고! 물건 들어오면 연락할게잉!"

대한은 할머니에게 인사를 한 뒤 차량에 올라탔다.

고종민이 뒤에 실린 음식들을 보고 감탄하며 말했다.

"너 돈 너무 많이 쓰는 거 아냐? 월급 다 날아가겠다."

"이왕 병사들에게 사 줄 거 훈련 때 사 주면 기분 좋지 않겠습니까. 이럴 때를 대비해서 평소에 잘 모아 뒀습니다."

"그래, 군인이 뭔 돈이냐. 옷 주고 밥 주고 집도 주는데."

"그렇긴 합니다만…… 설마 돈 안 모으고 계셨습니까?"

"응, 대위 달면 모을 건데?"

그 말에 대한은 자기도 모르게 속으로 한숨을 삼켰다.

장기 되는 게 얼마나 어려운데 저런 태평한 소리일까.

그러나 대한은 핀잔주지 않고 조용히 말했다.

"……출발하시죠."

"크큭, 너랑 일과 시간에 이렇게 돌아다니니까 꼭 탈영한 것 같다."

"혹한기 훈련 전까진 계속 이렇게 돌아다닐 겁니다."

"동네 어른들한테 인사하고 슈퍼에 물건 사 주고를 계속한다고?"

"예, 계속해야죠."

"도대체 왜……?"

"작전 성공을 위한 초석이라고 생각하시면 됩니다."

"흠…… 그래, 네가 그렇다면 그런 거겠지."

고종민이 고개를 끄덕이며 마이티를 운전한다.

그로부터 며칠 뒤, 크리스마스이브 날이 되었다.

물론 이브 날과는 별개로 부대에는 크리스마스 분위기를 느낄 여유가 없었다.

대침투 작전 때문이었다.

하지만 박태현은 달랐다.

"하! 드디어 내일 쉰다!"

당직도 안 서는 게 바로 박태현.

박태현은 막사로 복귀하자마자 간부 연구실에 짐을 내려놓고 의자에 몸을 던졌다.

그런 박태현을 보며 대한이 말했다.

"전문하사는 부담 덜 해서 좋겠네. 그나저나 크리스마스인데 숙소에만 있냐?"

"참나, 제가 소대장님인 줄 아십니까?"

"어쭈, 너 어차피 교회 갈 거잖아. 아버지 뵈러 가야하는 거 아냐?"

"다음 날 바로 부대 들어와야 하는데 집까지 어떻게 갔다 옵니까. 이따 부대 교회 가서 잠깐 기도만 드리기로 했습니다."

"그래도 괜찮아?"

"예, 아버지는 기도만 잘하면 뭐라고 안 하십니다."

"그럼 기도 끝나면 뭐 하는데?"

그 물음에 박태현이 어이없다는 듯 대답했다.

"거, 저한테 너무 관심이 많으신 것 같습니다만 저도 약속 있습니다."

"네가?"

"예, 대구에서 영화 보기로 했습니다. 그러는 소대장님은 약속 있으십니까?"

박태현은 대한이 모태솔로라는 걸 잘 알고 있었다.

그렇기에 바로 공격에 들어갔으나.

"응, 엄마랑 맛있는 거 먹으러 가기로 했어."

"아……"

치사하게 엄마 카드를 쓰다니.

이렇게 되니 더 놀릴 수가 없었다.

박태현이 헛기침하며 말했다.

"크흠흠, 맞습니다. 크리스마스는 가족들과 보내야죠."

"요즘 바빠서 이번에는 뵈러 가야 해. 근데 너 내일 몇 시에 나가는데?"

"아침에 일찍 기도하고 점심 쯤 나갈 것 같습니다, 왜 그러십니까?"

"그래? 같이 가자. 태워 줄게."

"오, 정말입니까? 감사합니다."

"밤에 복귀할 거니까 복귀 시간도 한번 맞춰 보던지."

"역시 소대장님, 알겠습니다."

놀리듯 말하긴 했지만 새삼 박태현이 약속이 있다고 하니 다행이었다.

안 그럼 집에 데려가서 맛있는 거라도 먹이려고 했으니까.

'나 때문에 더 복무하는 건데 혼자 숙소에서 보내게 할 순 없지.'

대한은 이어서 피엑스에서 민국이가 부탁한 과자들을 한 아름 쇼핑하기 시작했다.

이윽고 터질 듯한 피엑스 봉지를 들고 숙소로 돌아가던 차, 대한의 휴대폰이 울렸다.

유소연이었다.

"예, 유 하사."

—충성! 잘 지내셨습니까?

"저야 뭐 늘 똑같습니다만 그나저나 무슨 일로 전화하셨습니까?"

—혹시 내일 뭐 하십니까?

유소연이 전화를 한 이유.

당연히 크리스마스 날 대한과 시간을 보내기 위해서였다.

그러나 대한은 그런 의도를 모르고 단순한 안부 묻기로 착각해 있는 그대로 대답했다.

"가족들이랑 시간을 보낼 예정입니다. 왜 그러십니까?"

—아…… 하루 종일 같이 있으십니까?

"예, 그럴 것 같습니다. 요즘 같이 시간 못 보낸 지 꽤 돼서 말입니다."

—아, 그러셨구나…… 되게 가정적인 분이셨구나…….

"무슨 일 있으십니까?"

—아닙니다…… 그냥 영화 티켓이 생겨서 같이 보러 가자고 하려 했습니다. 아시지 않습니까? 크리스마스 때 영화 티켓 되게 귀한 거.

"아, 그렇습니까? 미리 말씀을 주시지…… 안타깝지만 저 말고 다른 친구랑 보러 가십쇼."

그렇군.

크리스마스에는 영화 티켓이 귀한 거였어.

근데 그건 그거고 선약은 선약이다.

대한은 안부 몇 마디를 나눈 뒤, 전화를 끊었다.

✺

다음 날 크리스마스.

대한은 간부 숙소 앞 주차장에서 박태현을 기다렸다.

그리고 잠시 뒤, 사복을 입은 박태현이 내려왔고 대한은 박태현을 위아래로 훑으며 신기한 듯 바라봤다.

"이상합니까?"

"아니, 생각보다 멀끔해서."

군복만 입고 있을 때는 몰랐는데 청바지에 패딩을 입자 핏이 꽤 괜찮았다.

대한의 칭찬에 박태현이 피식 웃으며 말했다.

"저 그래도 대학 다닐 때는 인기 많았습니다."

"그럼 뭐하냐. 지금은 군인인데."

"군인 티 안 나지 않습니까?"

"지랄, 누가 봐도 군인인데?"

"하…… 임관식 날 너무 짧게 깎은 게 문제인 것 같습니다."

박태현이 한숨을 쉬며 차에 있는 거울을 봤고 대한이 웃으며 차를 출발시켰다.

두 사람이 차에서 떠들기를 잠시, 대한의 집 앞에 있는 지하

철역에 도착했다.

"이따 일정 끝나면 전화해. 집에 와서 엄마한테 인사나 하고 가."

"예, 알겠습니다. 좋은 시간 되십쇼!"

"오냐."

대한은 박태현을 보낸 채 그대로 집으로 들어갔다.

엄마와 민국이는 거실에서 영화를 보며 여유로이 휴일을 보내고 있었다.

"아들 왔어?"

"형, 내 과자는?"

대한은 손에 들고 있던 피엑스 봉지를 민국이에게 건넸다.

"여기서 사 먹어도 되는 과자를 왜 굳이 사 오라고 하냐?"

"피엑스에서만 파는 과자가 있으니까 그렇지. 그리고 피엑스가 더 싸잖아? 직업군인 가족이 있는데 이런 혜택은 살뜰히 이용해야지."

대한은 민국에게 마음껏 쓰라고 카드를 줬지만 정작 민국은 카드를 잘 쓰지 않았다.

필요한 게 있으면 꼭 대한에게 물어보고 샀고 수능이 끝난 뒤에도 밥이나 조금 사먹는 게 전부였다.

그래서 군말 없이 과자를 사 온 것이다.

대한이 엄마에게 물었다.

"점심 아직 안 먹었지? 나가서 먹고 올까?"

"크리스마스라 어딜 가든 사람 많을 걸? 그보다 대한아."

"응?"

"엄마가 아들한테 할 말이 있어."

그 말에 순간 대한은 자기도 모르게 침을 꼴깍 삼켰다.

엄마가 저렇게 분위기를 잡는 건 딱 한 가지 이유 때문이었으니까.

'설마 암이 커졌나?'

대한이 걱정 가득한 얼굴로 엄마 옆에 앉았다.

"……무, 뭔데요?"

최대한 침착하려 했지만 그래도 목소리가 떨리는 건 어쩔 수가 없다.

그도 그럴 게 다른 것도 아니고 췌장암에 대한 문제였으니까.

엄마도 대한이 걱정하는 걸 알고선 웃으며 말했다.

"엄마, 완치 판정 받았어."

"……뭐?"

"췌장암 사라졌대. 완전히."

그 순간 대한의 눈이 접시만큼 커졌다.

"지, 진짜?"

"응, 진짜."

"하, 하하…… 하하하하?"

대한은 자기도 모르게 헛웃음을 터뜨렸다.

다른 것도 아니고 췌장암이었다.

아무리 일찍 발견을 했어도 수술도 안 했는데?

엄마가 거짓말을 할 리는 없다.

평소에도 이런 농담은 잘 안 하시는 분이니까.

그래서일까?

대한은 자기도 모르게 눈물 한 방울을 뚝 흘렸다.

그 눈물에 엄마가 매우 미안한 표정으로 아들의 눈물을 닦았다.

"아이고 왜 울고 그래? 우리 대한이 엄마 걱정 많이 했구나? 이거 미안해서 어째."

"아니, 뭐 그냥…… 아, 나도 갑자기 눈물이 나올 줄은 몰랐네. 근데…… 진짜야?"

"그럼 진짜고 말고. 의사 선생님도 처음 보는 경우래. 이게 다 우리 아들들이 잘해서 그런 게 아닐까?"

"……다행이다."

"응?"

"진짜…… 진짜 다행이야, 엄마."

대한은 그제야 마음 편히 웃음을 터뜨렸다.

그러나 환하게 웃는 입과는 별개로 눈에선 자꾸만 눈물이 떨어졌다.

참 오랜 싸움이었다.

말라가는 엄마를 보며 그동안 얼마나 속이 문드러져 갔는지.

언제 엄마가 떠날지 모른다는 불안감과 제대로 된 효도 한 번 하지 못했다는 죄책감에 전생에 얼마나 속앓이를 하며 살아왔던가.

그때, 과자를 놓고 온 민국이가 재차 증언했다.

"형이 진짜 걱정 많이 했나 보다. 근데 형 진짜야, 내가 따라가서 같이 듣고 왔어. 확실하게 없어졌다고 하시더라."

"그래…… 근데 너 왜 나한테 말 안 했냐?"

"엄마가 하지 말랬어. 직접 하고 싶다고 했거든."

어깨를 으쓱하는 민국이가 그 어느 때보다 얄미웠지만 오늘은 그냥 넘길 수 있었다.

피엑스를 털어 오며 내가 산타가 된 줄 알았건만…….

'크리스마스에 이런 큰 선물을 받게 될 줄이야.'

대한은 그제야 엄마를 꼬옥 안아 주었다.

마음이 홀가분했다.

오랜 숙제를 해결했다는 생각에…….

✳

대한이 엄마의 완치 사실을 들은 그 시각.

이원영은 서울 집 주차장에 도착했다.

올해 초만 해도 집에 가면 따뜻하게 맞아 주던 아내가 있었다.

하지만 그 아내는 지금 병원에서 암 수술받고 회복 중이었고 생각보다 회복이 더디다는 말에 걱정이 이만저만이 아니었다.

'참 건강한 사람이었는데…….'

좋은 날 즐기지도 못한 채 병원에서 누워있을 아내를 생각하니 담배 생각이 간절했다.

그래서 아파트 흡연장에서 담배 두 대를 피우고 집에 올라갔다.

그런데 집 문을 열자 빈집이라고 생각되지 않을 따뜻한 온기가 느껴졌다.

'아, 내가 보일러를 안 끄고 갔구나.'

이런 멍청한 실수를 하다니.

그래도 빈집 특유의 차가움보다는 낫다는 생각이 든다.

그때였다.

"여보."

익숙한 목소리.

환청이 아니었다.

귀에 들린 건 분명한 아내의 목소리였다.

게다가 목소리뿐만이 아니었다.

목소리에 뒤이어 병원에 있어야 할 아내가 거짓말처럼 현관으로 나타났다.

"여, 여보? 어, 어떻게 당신이 여길……?"

귀신이라도 본 것처럼 이원영의 눈이 접시만큼 커지자 아내가 배시시 웃으며 말했다.

"메리 크리스마스. 많이 놀랐죠? 나 사실 그저께 퇴원했어요."

"퇴원했다고? 심지어 그저께?"

"네, 얼른 들어와요. 지금쯤 올 것 같아서 밥도 차려 놨어요."

정말이었다. 따뜻한 온기에 미처 느끼지 못했던 음식 냄새가 그제야 났다.

이원영은 귀신에라도 홀린 것처럼 식탁 앞에 앉았고 맞은편에 앉은 아내가 부끄러운 듯 배시시 웃으며 말했다.

"많이 놀랐죠?"

"어, 어떻게 된 거야? 회복이 더디다고 몇 주는 더 지켜봐야 할 것 같다더니?"

"그게 언제 적 이야긴데 그래요? 당신 부대 일정 바쁘다고 못 올라올 때 다 회복했지요."

"그럼 이젠……."

"다 나았대요."

"……뭐?"

"의사가 그러던데 완전히 다 나았대요. 몸도 갑자기 확 좋아졌고. 그래서 내가 지금 여기 있는 거예요."

그 말에 이원영은 입술을 꽉 깨물었다.

그리고 터지려는 눈물을 애써 참으며 아내를 꼭 안아 주었다.

이원영의 품에 안긴 아내가 웃으며 말했다.

"집에서 보니까 참 좋다."

"그러게…… 정말 그러게……."

두 사람은 그렇게 한참을 말없이 서로를 꼭 안아 주었다.

✻

대한과 헤어진 직후였다.

"……뭐? 갑자기 못 온다고?"

ㅡ나 알바 하는 누나가 시간 같이 보내자고 하더라, 미안하
다.

"야, 아무리 그래도 난 군인인데 크리스마스 당일에 바람맞
히는 놈이 어딨냐?"

ㅡ친구야, 미안하다. 아무리 그래도 군인보다는 알바 하는 누
나랑 같이 보내는 게 낫지 않겠냐. 대신에 영화 티켓은 둘 다 너
줄게. 또 술도 두 번 살게. 그러니까 한 번만 좀 봐줘라. 그럼 끊
는다.

"뭐? 야, 야! 야! 야, 김창용, 이 개새꺄!"

그러나 친구는 매정하게 끊었다.

그리고 박태현은 크리스마스 당일 시내 한복판에서 완전한
솔로가 되어 버렸다.

"하……."

이게 무슨 날벼락일까?

물론 친구의 사정이야 이해는 됐다.

나 같아도 군인보단 알바 하는 누나랑 같이 보내고 싶을 테니까.

하지만 그게 내가 아니라 친구의 사정이라 배가 아플 뿐.

박태현은 얼마간 하늘을 쳐다보던 끝에 결국 영화관으로 발걸음을 옮겼다.

이대로 바로 부대로 돌아가기는 더 싫었기 때문이다.

'그래, 영화만 보고 가자. 영화만.'

그렇게 좌석 2개를 발권받았다.

그런데 이게 웬 걸.

크리스마스 기념 티켓이라고 대형 팝콘에 음료수 2개까지 함께 딸려 왔다.

박태현은 순간 이것들을 버릴까 싶다가 음식 버리면 벌 받는다는 말이 생각나 꾸역꾸역 그것들을 들고 상영관으로 향했다.

그렇게 자리에 앉으려던 그때…….

"……어?"

박태현은 자신의 눈을 의심했다.

자신이 앉아야 하는 자리 바로 옆…….

그 자리에 유소연이 앉아 있었기 때문이다.

심지어 유소연도 박태현을 알아보고 깜짝 놀랐다.

"어? 너는?"

"추, 충성. 유소연 하사님 아니십니까……?"

손에 든 음료와 팝콘 때문에 엉거주춤 경례한다.

근데 아무리 봐도 유소연이 맞았다.

근데 주위를 둘러보니 유소연 옆에는 아무도 없었다.

당연했다.

유소연도 원래는 대한과 함께 영화를 보러 오려고 했으나 대한에게 바람 맞은 덕에 홀로 영화를 보러 온 것이었기 때문.

크리스마스 날 영화 티켓은 귀했으니까.

그런데 공교롭게도 그 옆자리가 박태현의 자리였다.

"하, 하하⋯⋯."

박태현은 이 상황을⋯⋯ 아니, 자신을 바람맞힌 친구에게 감사, 그리고 또 감사했다.

그렇기에 용기를 내어 유소연 옆에 앉으며 말했다.

"저⋯⋯ 음료수 하나 드시겠습니까?"

박태현이 쑥스러운 얼굴로 음료수 하나를 내민다.

그리고 생각했다.

역시 음식 버리면 벌 받는다는 걸.

아까 전에 음료수 안 버리길 참 잘했다는 생각이 든다.

유소연이 수줍게 음료수를 받아 든다.

✳

혹한기 훈련 전날까지 시간은 빠르게 흘렀다.

다들 준비에 열심히였다.

매일 4번씩 진지 투입을 할 정도로.

그 결과 모두들 10분 만에 진지 투입 완료 후 취침까지 이뤄내는 성과를 보였다.

'처음과는 비교도 할 수 없는 속도지.'

그때, 이원영으로부터 추지훈이 도착했다는 소식을 듣게 되었다.

"곧 도착하신단다, 나가자."

"예. 알겠습니다!"

두 사람은 단 정문에 서서 차량이 도착하기를 기다렸고 잠시 후, '국'이 적힌 군용 번호판을 달고 있는 차량이 두 사람 앞에 멈춰 섰다.

이원영은 그 어느 때보다 큰 목소리로 외쳤다.

"충! 성!"

"그래, 충성. 그보다 잘 지냈나? 얼굴에 살 좀 빠진 걸 보니 준비 빡세게 했나 봐?"

"하하, 요즘 하루 종일 밖에만 있었더니 살이 좀 빠졌습니다."

"젊어 보여서 더 보기 좋구만. 그나저나 화장실이 어디야?"

"바로 안내해 드리겠습니다."

이원영은 추지훈을 화장실 앞까지 안내를 해 준 후 조금 떨어져서 기다렸다.

그때, 대한이 전부터 궁금했던 것을 이원영에게 물었다.

"단장님, 정책 기획관이면 요직 아닙니까?"

"요직이지."

"기획관님 뭐 사고 있으십니까?"

"그건 갑자기 왜?"

"요직에 계신 분이 굳이 평가관으로 오시는 게 좀 이상해서 여쭤봤습니다. 바쁜 분이지 않습니까."

그 말에 이원영이 웃었다.

"그러게나 말이다. 근데 들어 보니 원래 저런 분이라더라."

"아……."

역시.

인생사 하고 싶은 대로 해도 진급하는 사람은 하는 모양.

이원영이 뒷말을 덧붙였다.

"그렇다고 해서 절대로 만만하게 볼 분은 아니다. 듣기로는 매의 눈을 지니신데다 사람 갈구는 데 특화되신 분이라고 들었거든."

그럼 더 조심해야겠군.

아무리 대침투 작전에 성공해도 트집 몇 개 잡히면 찝찝했으니까.

그때, 용변을 마치고 나온 추지훈이 이원영을 불렀다.

"훈련 어떻게 할 건지 브리핑은 해 줄 거지?"

"예, 준비되어 있습니다. 지휘 통제실로 가시죠."

"택수한테는 비밀로 할 테니까 그건 걱정하지 말고."

"하하, 그런 걱정 안 합니다."

이원영은 지휘 통제실로 추지훈을 안내한 후 종이 한 장을 내밀었다.

그러자 추지훈이 피식 웃으며 말했다.

"나한테도 비밀이라는 거냐?"

"거기 적힌 것들 외에 궁금하신 사항은 김대한 소위가 말해 줄 겁니다."

두 사람은 애초에 추지훈에게 자세히 설명할 생각이 없었다.

어차피 결과가 가장 중요한 이 훈련에서 사소한 평가가 뭐 그리 중요하겠나.

그 말에 추지훈이 어이가 없다는 듯 너털웃음을 터뜨렸고 요 청대로 대한에게 질문을 쏟기 시작했다.

"전에도 느꼈지만 김 소위가 아주 에이스인가 보네. 그럼 어 디 한번 확인해 봐야겠지? 자신 있나, 김 소위?"

"예, 자신 있습니다!"

"좋아, 그럼 어디 한번 보자…… 근데 특공여단이 침투해야 하는 곳과 공병단의 병력이 얼마나 있는지가 훈련 설명의 끝이 야? 이건 나도 알고 있는 건데?"

"예, 그렇습니다."

대한의 명랑한 대답에 추지훈이 눈을 좁혔다.

"나 평가관이야. 근데 겨우 이 정도로 대체 뭘 평가하라는 거지? 이렇게 주면 내가 평가를 할 수 있을 거라고 생각하나?"

내 말이 그 말입니다.

애초에 이런 훈련은 평가관이 와도 의미가 없는데 갑자기 뭔 평가관으로 오겠다고…….

게다가 평가 항목은 평가관이 준비해 와야 하는 거 아냐?

하지만 그리 대답할 순 없었기에 적당히 포장하기 시작했다.

"소장님께서 직접 오시는데 저희가 뭘 봐달라고 적어 놓는 건 아니라고 생각했습니다."

"그래도 어떤 준비를 열심히 했는지는 알아야 잘 봐주든가 하지."

"단장과 회의를 해 보았을 때 소장님이시라면 그러실 것 같았습니다. 그래서 못 알려 드리는 겁니다."

"그건 또 무슨 소리냐?"

"저는 저희 공병단을 전 군에서 가장 대침투 작전을 잘하는 부대로 만들고 싶습니다. 그러기 위해서 소장님의 냉정한 평가가 필요하다고 생각했습니다."

그 말에 추지훈이 피식 웃으며 이원영을 불렀다.

"이원영이."

"대령 이원영!"

"너 이거 어디까지 보고되는 건지 알고 있지?"

"예, 알고 있습니다."

"너희 둘이 이야기하는 걸 들어 보니까 내가 교범대로 평가해서 조금이라도 미흡한 부분 다 찾아주길 바라는 것 같은데……
진짜 자신 있냐?"

추지훈은 두 사람에게 진심으로 물어보는 것이었다.

아무리 봐도 그렇게 해 달라고 발악하는 것 같았으니까.

그러자 이원영도 전혀 겁먹은 기색 없이 웃으며 말했다.

"예, 자신 있습니다!"

"난 분명 봐주려고 했다?"

"하하, 알겠습니다."

"후…… 이러면 두 놈 다 쪽팔릴 수도 있겠는데?"

대한은 추지훈이 무얼 걱정하는지 알 것 같았다.

'만약 공병단이 대침투 작전을 성공한다고 해도 미흡한 사항
이 많으면 둘 다 공개처형 당할 거라는 말이겠지.'

특공여단의 경우 미흡한 공병단의 대침투 작전을 뚫어 내지
못한다고 전 군에 알려질 터.

대한이 웃으며 말했다.

"소장님께서 공병단이 완벽하게 대침투 작전을 펼쳤다고 평
가하신다면 적어도 한 쪽에게는 피해가 없지 않겠습니까. 더불
어 특공여단 쪽에도 피해는 좀 더 적을 거라고 생각합니다."

"나더러 그렇게 보고해 달라고 말하는 거냐 지금?"

"소장님이 걱정하시는 일을 만들지 않을 방법도 있다고 말씀
드리고 싶었습니다."

그 말에 추지훈이 대한을 빤히 쳐다보며 말했다.

"요 맹랑한 놈 좀 보게. 결국 이렇게 말하려고 나한테 훈련 설명을 안 해 준 거냐?"

"아닙니다. 설명을 상세하게 드리지 않은 이유는 단장이 말한 이유 때문입니다."

"그래? 좋다. 그럼 나도 더 이상 고민 안 한다. 너희는 지금 평가 가이드라인을 만들 기회를 놓친 거야. 알지?"

추지훈의 겁박 아닌 겁박에 이원영은 대한을 슬쩍 쳐다보았고 대한은 미세하게 고개를 끄덕여 주었다.

그 모습에 이원영은 다시 한번 추지훈에게 자신감을 내비쳤다.

"후배라고 봐주시지 않으셔도 됩니다."

"허! 좋다. 공병단은 내가 최선을 다해 봐주마."

"감사합니다."

"내일 오전 일과 시작과 동시에 훈련 시작이니 그렇게 알고 사전 행동은 절대 금지한다. 그리고 휴대폰 사용도 금지야. 적발되는 순간 공병단이 침투 허용했다고 판단하겠어."

역시.

먼저 도발했더니 빡세게 나오는구만.

그래도 상관없다.

이런 일까지 가정하여 애초에 휴대폰이 없다는 전제 하에 연습을 해 뒀으니까.

'애초에 대침투 작전 하는 부대 입장에서 휴대폰은 치트키나

다름없지.'

왜냐고?

편의성도 편의성이었지만 군대 무전기는 항상 중요할 때 안 터졌으니까. 물론 이외에도 무전기의 송, 수신 소리 또한 무시할 수 없는 요인이었다.

잘 듣기 위해 소리를 키워 놓는다면 적에게도 잘 들릴 테니.

그래도 자신은 있었다.

"예, 알겠습니다!"

"호오…… 휴대폰 없이도 자신 있나 보네?"

"자신 있습니다!"

"좋아, 그럼 한번 기대해 본다. 난 특공여단 들렀다가 퇴근할 테니까 준비 잘해 봐라. 아, 혹시 내일 훈련 평가에 대해서 궁금한 거 있나?"

질문 있냐는 말에 이원영이 다시 한번 대한을 힐끔 보았고 대한이 얼른 물었다.

"휴대폰은 특공여단에도 똑같이 적용하실 겁니까?"

"그럼 당연하지."

"예, 알겠습니다."

"……평가에 대해 궁금한 게 그게 다야?"

"예, 충분합니다."

질문이 그게 다라니.

나 참, 이런 황당한 놈들을 봤나.

추지훈이 고개를 저으며 말했다.

"참 웃긴 놈들이야. 공병들은 원래 이런가? 그래도 자신 있는 모습이 보기는 좋다. 그럼 내일 보자."

"예, 내일 뵙겠습니다. 충성!"

두 사람은 추지훈을 배웅한 뒤 단장실로 향했다.

단장실에 들어가자마자 이원영이 대한에게 말했다.

"정말로 휴대폰 이야기를 하시네. 어떻게 알았냐?"

"휴대폰 제한은 기본 중의 기본이라고 들었습니다. 그리고 어차피 닷새 내내 휴대폰 사용하긴 힘들었을 겁니다."

"왜?"

"기본적으로 저희 간부들을 믿긴 하지만…… 그래도 혹시 모르지 않습니까."

혹시 모르는 일.

휴대폰으로 딴짓 거리하다 뚫리는 경우를 말했다.

대침투 작전 자체가 길고 긴 지루한 시간을 버텨야 했으니까.

물론 진지에 혼자 있는 건 아닐 테지만 그렇다고 진지에 있는 인원들과 떠들어도 된다는 건 더더욱 아니었다.

'대기 시간이 얼마나 지루한데 나 같아도 휴대폰 꺼내서 놀겠다.'

거기에 더해 야간에 휴대폰을 사용하다 불빛 때문에 진지가 들통날 바에는 차라리 간부들의 휴대폰을 미리 걷어 놓는 게 마음이 편했다.

위험 요소는 조금이라도 줄여야 했으니까.

"내일 출근하면 간부들 휴대폰은 다 부대에 보관하도록 전파하겠습니다."

"그래. 그나저나 특공여단에 똑같이 적용하는 건 왜 물어본 거냐?"

"혹시 안 하실까 봐 그랬습니다."

"에이, 소장님이 설마 그러겠어?"

그 말에 대한이 이원영을 빤히 바라보며 말했다.

"추 소장님이랑 친하십니까?"

"아니?"

"그래서 여쭤본 겁니다. 전 저희 부대 사람들 제외하고 안 믿습니다."

그 말에 이원영이 피식 웃으며 고개를 끄덕였다.

"맞네, 좋은 자세다. 내가 방심했어."

군대에선 계급 높은 양반들이 더 하다.

장난칠 수 있는 계급이 됐는데 어떻게 장난을 안 칠까?

'나 같아도 치겠다.'

게다가 추지훈이 군이 휴대폰 이야기를 꺼낸 걸 보면 휴대폰 사용 유무가 공병단에게 큰 영향을 끼친다는 걸 알고 있다는 뜻.

그리고 이건 특공여단도 마찬가지였다.

"특공여단에도 똑같이 적용시킨다고 하셨으니까 말이 전달되면 택수 얼굴이 좀 볼만하겠네."

팥죽색이 된 홍택수의 얼굴이 떠오르자 두 사람 다 실실 웃는다.

✳

얼마 뒤, 아니나 다를까 추지훈은 특공여단에 도착하자마자 휴대폰을 금지한다고 선언했다.

그러자 홍택수가 어색하게 웃으며 추지훈에게 대답했다.

"휴대폰 금지라…… 알겠습니다."

그 반응에 추지훈이 조심스레 물었다.

"혹시 취소해 줄까?"

"취소 말씀이십니까?"

"아니, 그 두 사람이 너무 자신 있게 나오길래 제약을 걸긴 했는데…… 오면서 생각해 보니까 너희들한테 더 큰 제약이잖아. 공병단 애들 기 좀 꺾으려고 한 게 너희들한테 피해를 주면 쓰나."

공병단에서 말은 안 했지만 추지훈은 특공여단에 마음이 더 가 있었다.

그도 그럴 게 이번 대결에서 잃는 게 있다면 특공여단이 더 많이 잃을 게 뻔했으니까.

'혹시라도 얘네가 지면 보고하는 나도 난처해. 그리고 공병단이 특공여단을 이기는 건 말이 안 되지.'

게다가 추지훈은 보병 출신.

당연히 특공여단에 더 애정이 갈 수밖에 없다.

그러나 오히려 그 말이 홍택수의 승부욕을 더 자극했다.

"아닙니다, 선배님. 그냥 하겠습니다."

"괜찮겠냐? 너 침투하는 인원들한테 상황 보고 받을 통신 대책은 있냐?"

침투하는 입장에서 침투 및 첩보 활동하는 침투 병력들에게 보고받기란 여간 어려운 일이 아니었다.

하지만 그렇다고 보고를 안 받을 수도 없는 노릇.

이런 작전에는 정보가 생명이었으니까.

추지훈은 가용할 수 있는 통신 장비를 떠올려 보고는 잠시 당황하였으나 나중에 이원영이 기세등등한 모습을 보일 게 떠오르자 이내 고개를 저었다.

"혹시 저희 부대 구호 알고 계십니까?"

"불굴의 투지로 이겨 놓고 싸운다, 아니냐?"

"예, 맞습니다. 저는 이 구호에 굉장한 자부심을 가지고 있습니다. 그리고 이 구호처럼 이미 승리는 저희한테 있습니다. 배려해 주시려는 선배님 마음은 감사하지만 어차피 승리할 것이기에 배려는 넣어 두셔도 될 것 같습니다."

그 말에 추지훈이 비로소 웃었다.

"두 후배들 모두 자신감이 아주 넘치는구만? 멋진 훈련 기대하겠어."

"아마 훈련 감상하실 시간은 없으실 것 같습니다."

"그건 또 무슨 소리냐?"

"훈련은 30분 안에 종료될 예정입니다."

그 말에 추지훈이 웃음을 터뜨렸다.

"역시 특공여단장이야. 판단이 좋아."

"후배가 되어서 어떻게 선배님을 닷새나 밖에서 평가하게 하겠습니까. 날이 춥습니다. 짐 풀지 마시고 내일 오전에 퇴근한다고 생각하시면 될 것 같습니다."

"선배 생각해 주는 후배는 우리 홍 대령뿐이구만?"

어느새 홍택수의 편이 된 듯한 추지훈은 마치 특공여단이 무조건 승리를 한다는 것처럼 신나게 웃기 시작했다.

그리고 다음 날, 대망의 혹한기 훈련 첫날이 되었다.

✹

혹한기 훈련 첫날.

단과 대대의 전 간부들이 단독군장을 한 상태로 단 지휘 통제실에 모여 이원영을 기다리고 있었다.

잠시 후, 이원영이 단독 군장 차림으로 지휘 통제실로 들어섰고 박희재가 자리에서 일어나 절도 있게 경례했다.

"충성!"

"충성."

박희재의 경례를 받아 준 이원영이 그대로 본인의 자리에 앉아 간부들을 살폈다.

"눈빛들이 좋구만."

눈빛만이 아니었다.

간부들의 마음가짐 또한 실전에 임하는 것처럼 아주 단단했다.

대한은 간부들을 보며 조용히 고개를 끄덕였다.

'훈련이 빡세긴 했지.'

시상식에서 복귀한 뒤부터 하루도 빠짐없이 매일 4회 이상 진행한 훈련이었다.

진지에 투입만 한다고 해서 절대 쉬운 것이 아니었다.

산 중턱에 위치한 진지까지 전력질주를 하고 도착과 동시에 5일간 지낼 준비를 마쳐야 했다.

30분이 걸리던 걸 목표했던 10분이 될 때까지 줄였음에도 대한은 훈련을 멈추지 않았다.

대한이 원했던 건 시간 단축 말고도 하나가 더 있었으니까.

'특공여단을 박살 내겠다는 의지.'

고생했던 모든 것이 홍택수가 지휘관으로 있는 특공여단 때문이었다는 걸 매번 강조해 왔다.

그 결과, 전쟁터에서도 볼 수 있을까 한 눈빛들을 보여 주고 있었다.

사람은 굴릴수록 독해지는 법이니까.

이원영이 간부들을 보며 웃는 것도 잠시, 이내 간부들과 비슷한 눈빛을 장착하고 말했다.

"전파받았던 대로 일과가 시작하는 동시에 훈련이 시작될 거다. 이제껏 훈련했던 대로만 한다면 우리가 승리할 거라고 믿어 의심치 않는다. 단, 5일간 진행될 훈련이기에 긴장이 풀리지 않도록 조심해라. 이상."

"예! 알겠습니다!"

이원영이 자리를 벗어나자 간부들이 일제히 자리에서 일어나 각자 중대로 복귀했다.

대대로 복귀하는 길에 박희재가 대한을 불렀다.

"너 휴대폰 없이 진짜 괜찮겠어?"

"예, 상관없습니다."

"훈련하는 동안 사전 작업해 놓은 거 다 날리는 거 아니냐?"

박희재는 병력들이 진지 투입 훈련을 할 때 대한이 고종민과 함께 주변 마을을 열심히 돌아다녔던 게 생각나 걱정이 됐다.

하지만 대한은 박희재의 걱정에 웃으며 답했다.

"휴대폰 하나 없다고 못 할 것 같았으면 애초에 시작도 안 했습니다."

박희재는 대한의 시원시원한 대답에 걱정을 싹 지웠다.

"역시 우리 대한이야."

"그보다 먹을 거는 좀 챙기셨습니까?"

"먹을 거? 식사는 추진하기로 했잖아."

옛날에는 이런 훈련을 할 때 따로 챙긴 게 없나?

대한은 박희재의 대답에 미리 준비하길 잘했다는 생각이 들었다.

"하루 종일 나가 있는데 세 끼로 충분하시겠습니까? 대대장님 드실 것도 제가 따로 챙겨 놓겠습니다."

급하게 어디서 구할 건 없었다.

근처 슈퍼들을 탈탈 털어 간부 연구실에 먹을 것들을 가득 채워 놨으니까.

그 말에 박희재가 대견함에 피식 웃었다.

"야식이랑 간식거리 이야기 하는 거지? 자식아, 대대장도 군 생활해 본 사람이야. 이런 훈련하면서 그런 것도 안 챙겼을까 봐?"

"하하, 혹시나 야간에 시장하실까 봐 걱정이 돼서 여쭤봤습니다."

"네가 훈련 준비하느라 뛰어다니는데 내가 방해는 안 되어야 할 거 아냐. 그리고 야간에도 식사 추진은 할 생각이다."

"그럼 점심을 제외하시는 겁니까?"

"아니, 네 끼는 먹어야지."

그 말에 대한이 감탄했다.

"역시 대대장님이십니다."

"취사병들이 고생 좀 하겠지만 우리도 나가서 고생하지 않냐. 고생할 거면 같이해야지."

추운 날 밖에서 춥기만 하면 다행이었다.

혹한기 땐 배고프기까지 하면 더 서러운 법.

취사병들이 고생한다고 하지만 혹한기 훈련이 끝나면 박희재가 알아서 챙겨 줄 게 분명했다.

그리고 취사병들 입장에서 훈련 때 하는 식사 추진은 그리 어려운 건 아니었다.

그도 그럴 게 온전한 밥이 아닌, 소위 말하는 '비닐밥'을 준비했으니까.

'오랜만에 짜요짜요 먹겠네.'

비닐밥의 별명은 많다.

짜요짜요, 짜요, 땅개츄르 등…….

이는 식판에 밥을 받아 먹기 어려운 상황에서 봉지에 밥과 반찬을 비벼 넣고 입구를 묶은 뒤 봉지 끝부분만 이빨로 찢어서 짜먹는 형태기에 이런 이름들이 붙은 것.

'난 항상 맛있게 먹었지만 호불호가 강하긴 하지.'

전찬영이 맛있게 해서 그런 것인지는 모르겠지만 따로 반찬들을 추가해서 먹은 기억은 없었다.

대한은 박희재의 시원한 판단에 고개를 끄덕이고 물었다.

"혹시 제가 말씀드렸던 건 다 챙기셨습니까?"

"그럼, 이번 훈련에서 내가 할 일은 그게 전부인데 잘 챙겨야지."

이번 훈련에서 이원영은 지휘소에서 가만히 시간을 때우기만 할 예정이었다.

반면 박희재는 대한이 이것저것 시켜 놓은 상황이었다.

하지만 박희재는 이에 전혀 불만을 가지지 않았다.

이원영처럼 가만히 있는 것보다 무언가 하는 것이 훨씬 더 시간이 잘 가고 재밌다고 말했으니까.

"대대장님의 역할이 막중하다고 생각합니다."

"대대장인데 그런 역할 하나는 맡아야지. 잘할 테니 걱정하지 마라."

박희재는 자연스럽게 대한의 어깨에 손을 올리고 막사로 걸어갔고 짐을 모두 챙긴 뒤 인사과로 향했다.

인사과에는 기동타격대와 검문소를 운영할 병력들이 고종민과 대화를 나누는 중이었다.

"충성!"

"어, 충성. 챙길 거 잘 챙겼어?"

"예, 뭐. 챙길 게 있겠습니까?"

"큭큭, 그렇지 이미 보급은 과하게 되어 있지."

기동타격대에게 주어진 차량에는 짐이 가득 실려 있었다.

대부분이 먹을 것.

양만 보면 5일은 무슨 보름도 문제없을 정도였다.

대한이 웃는 고종민을 보며 말했다.

"어제까지만 해도 긴장 좀 하시는 것 같더니 이젠 괜찮으신 가 봅니다?"

"어, 생각을 좀 바꿨거든."

"어떻게 말씀이십니까?"

"단순하게 생각하기로 했다. 그냥 너만 믿기로."

"……예?"

고종민이 민망한지 코를 쓱 훔치고는 말을 이었다.

"나를 믿기보단 너를 믿기로 했다. 네가 나보다 더 잘하잖냐, 그렇게 생각하니 마음이 편해지더라고."

이런 건 후배가 선배한테 하는 말 아닌가?

좀 황당하긴 했지만 그래도 귀엽게 보여 대한은 자기도 모르게 웃음이 났다.

"뭔가 입장이 바뀐 것 같은데 말입니다?"

"지금은 바뀐 것 맞지만 나중에는 다시 입장 찾아갈게."

그 대답이 참 대견했다.

그런 의미에서 대한은 이번 훈련 동안 최대한 고종민이 눈에 띌 수 있도록 만들 것이다.

말 잘 듣는 선배도 계속 군대에 남아 있어야 쓸 만한 것이니까.

대한이 고개를 끄덕이며 답했다.

"기대하고 있겠습니다."

"그래, 확실히 달아 놔."

이윽고 시간을 확인한 대한이 말했다.

"슬슬 준비하시죠."

"이미 출동 준비 완료다."

고종민이 방탄모를 착용하며 답했고 이내 훈련 시작을 알리는 사이렌이 주둔지에 울려 퍼졌다.

대한과 고종민은 바로 주차장으로 뛰어갔다.

그때, 막사로 들어오는 추지훈과 딱 마주쳤다.

"충성!"

"어딜 그렇게 뛰어가나?"

"적이 고속으로 침투하는 것을 저지하기 위해 검문소를 운용하러 가고 있습니다."

"그래? 근데 뭔가 사전 행동이 많이 되어 있는 것 같은데?"

역시 추지훈.

그러나 대한은 당황하지 않고 대답했다.

"훈련이 완벽하게 되어 있는 부대를 처음 보셔서 그런 것 같습니다."

그때였다.

막사 2층과 3층에서 병력들이 미친 듯이 뛰어 내려오기 시작했다.

그 모습을 본 추지훈이 당황했다.

"뭐, 뭐야?"

"보시는 그대로입니다. 훈련이 완벽한 부대라면 모든 병력들이 5분 대기조가 되지 않겠습니까?"

수많은 병력들이 뛰어 내려옴에도 발소리를 제외한 다른 말소리는 들리지 않았다.

다들 각자 훈련했던 대로 진지를 향해 달려가는 중이었다.

추지훈은 그 장관을 보며 입을 다물 수가 없었다.

'이 정도 수준으로 교육해 놨다고?'

보병 출신인 추지훈이 보기에 대한이 훈련한 공병들은 그동안 꿈꿔 왔던 이상적인 병사들의 모습이었다.

그런데 그런 병사들을 보병이나 포병이 아닌 공병단에서 보게 될 줄이야.

대한이 이어서 말했다.

"소장님, 그럼 저희 먼저 가 보겠습니다. 검문소보다 진지 투입이 먼저 완료될 테니 평가하실 겸 진지를 보고 검문소로 오시면 좋을 것 같습니다."

"어, 어. 얼른 가 봐라."

"예, 충성!"

대한이 사라짐과 동시에 그 많던 병력들이 전부 위병소 밖으로 사라졌다.

부대에는 적막만이 흐르고 있었다.

추지훈은 여전히 어이가 없다는 표정으로 주차장에 있는 차량에 몸을 올렸다.

그리고 휴대폰을 꺼내 시간을 확인하고는 특공여단에서 평가를 하고 있는 평가관에게 연락했다.

"어, 훈련 시작했나?"

─예, 일과 시작과 동시에 시작했습니다.

"움직임은?"

─시작할 때가 가장 방심할 때라며 한 개조가 바로 출발한 상황입니다.

추지훈은 홍택수가 훈련을 금방 끝내 주겠다는 말을 떠올렸다.

어제까지만 해도 홍택수의 말이 틀리지 않을 거라고 생각했다.

그런데 좀 전의 상황을 보고 나니 생각이 바뀌었다.

"평가관, 속옷 몇 개 챙겼나?"

─속옷 말씀이십니까?

"안 챙겨 왔으면 시간 날 때 마트 가서 구매하게."

─왜 그러십니까? 오늘 내로 훈련이 끝날 것 같다고 하지 않으셨습니까?

"나도 그렇게 생각은 하는데……."

추지훈은 평가관에게 뭔가 설명하려고 하다 이내 말을 삼켰다.

"아니다, 일단 지켜보자. 고생해라."

─예! 알겠습니다! 충성!

추지훈은 전화를 끊자마자 병력들이 뛰어간 곳으로 차를 몰고 가기 시작했다.

　위병소를 나와 병력들이 올라간 곳으로 추정되는 산을 살피고 있자 멀리서 이원영이 다가왔다.

　추지훈은 차량을 몰아 이원영의 앞에 서서 창문을 내렸다.

　"선배님, 차량은 놔두고 와 주십쇼."

　"뭐?"

　"평가관 때문에 진지가 발각되었다는 소리는 하고 싶지 않습니다."

　그 말에 추지훈은 크게 당황할 수밖에 없었다.

　뭔가 설명이라도 해 주려나 싶었으나 갑자기 차에서 내리라니.

　그러나 이원영은 한결 같았다.

　"걸어서 평가 부탁드리겠습니다."

　"진지가 어디에 있는지도 모르는데?"

　"놔두고 오시면 다 설명드리겠습니다."

　"허 참…… 그래. 알겠다."

　뭔가 일부러 고생시킨다는 느낌을 지울 수가 없었지만 그래도 어쩔 수 없었다.

　이원영이 말한 것처럼 차량으로 평가를 하러 돌아다니면 이 근처에 진지가 있다고 광고하고 다니는 꼴이나 다름없었으니까.

　그렇기에 추지훈은 한숨이 나올 수밖에 없었다.

'괜히 평가관 한다고 설쳤나.'

이렇게 고생할 줄 알았으면 그냥 가만히 있을 걸.

하지만 물은 이미 엎질러졌고 올라야 할 산은 높았다.

이윽고 추지훈이 차를 부대에 넣어 놓고 걸어오자 이원영이 산 중턱으로 그를 안내했다.

그렇게 한참 동안이나 이원영의 뒤를 따라 산을 올랐다.

그래도 도무지 멈출 기미가 보이지 않자 추지훈이 물었다.

"아니, 대체 진지를 어디까지 올려놓은 거야?"

"이제 다 왔습니다."

"조용한데?"

"진지에서 시끄러우면 되겠습니까."

"그래도 준비 중인데 소리는 들려야 하는 거 아냐?"

"하하, 전 그렇게 어설프게 훈련시키지 않았습니다."

그 말에 추지훈은 입을 꾹 다물었다.

대체 얼마나 잘해 놨길래 저런 자신감인지.

추지훈은 오랜만에 산을 타는 것이기에 슬슬 숨이 차기 시작했다.

하지만 힘든 티를 내진 않았다.

'내가 평가하러 못 오도록 일부러 산 중턱에 진지를 잡은 모양인데 내가 전방에서만 군 생활한 사람이야. 이런 꼼수 따윈 나한테 어림도 없지.'

숨은 차지만 힘든 건 아니었다.

오히려 평지보다 익숙한 게 산이었다.

　하지만 근거 없는 괘씸함이 마음 속 가득히 자리 잡았고 더더욱 빡세게 평가를 해야겠다고 생각했다.

　그런데 그때, 이원영이 가지고 있던 무전기에서 소리가 흘러나왔다.

　―흑흑, 여기는 7진지. 진지 전방 신원미상 거수자 등장.

　그 말에 이원영이 무던하게 응답했다.

　"평가관님이랑 이동 중이다."

　그 말에 추지훈이 깜짝 놀랐다.

　'벌써 투입을 완료했다고?'

　신원미상 거수자라길래 어디서 벌써 특공여단이라도 발견한 줄 알았다.

　그런데 그 거수자가 자신이었을 줄이야.

　그 말인즉, 벌써 투입을 완료했다는 이야긴데 추지훈은 그 사실이 놀라웠다.

　그도 그럴 게 조금 전 시계를 봤을 때 훈련이 시작된 지 10분도 채 지나지 않은 시점이었으니까.

　'훈련 잘된 부대도 20분을 기준으로 잡는데 이게 말이 된다고?'

　그가 생각하기에 최소 20분은 걸려야 투입이 완료될 거라 생각했다.

　근데 벌써 완료가 됐다니 놀랄 수밖에.

이어서 응답이 돌아왔다.

-정지.

"확인해라."

이원영은 무전의 지시를 따라 자리에서 멈춰 섰고 이내 다시 무전이 흘러나왔다.

-확인되었습니다.

이원영은 추지훈을 7진지로 안내했다.

7진지에는 대대의 에이스 정우진이 병사들과 진지에 엎드린 상태로 전방을 경계하는 중이었다.

두 사람이 왔음에도 정우진은 전방을 쳐다볼 뿐 아무 반응도 없었다.

추지훈은 그런 모습에 감탄하며 물었다.

"진지 투입 시간이 언젠가?"

"딱 투입 완료하셨을 때 올라오시는 걸 확인했습니다."

추지훈은 진지를 살폈다.

총기를 거치하기 위한 거치대는 물론 바닥에서 올라오는 찬 기운을 막을 돗자리와 모포까지 전혀 흠잡을 곳이 없는 진지였다.

들고 온 짐들도 모두 보이지 않도록 낙엽으로 잘 덮어 둔 상태.

'이게 10분 안에 가능하다고?'

본인이 직접 해도 가능할까 싶은 수준이었다.

훈련이 잘되어 있다는 걸 인정할 수밖에 없는 상황.

아마 진지를 통한 침투는 불가능할 것 같다는 생각을 했다.

'보고도 깔끔하니 이곳으로 통과하기는 쉽지 않겠구나.'

단장이라고 무전으로 밝혔음에도 쉽게 통과시켜 주지 않는데 그 누가 쉽게 통과가 가능할까.

추지훈이 정우진에게 물었다.

"이렇게 5일 동안 있는 건가?"

"예, 그렇습니다. 화장실은 뒤에 마련되어 있고 식사는 김대한 소위가 직접 드보크식으로 추진하기로 했습니다."

"화장실까지?"

추지훈은 잘 걸렸다는 듯이 씨익 웃으며 물었다.

그가 생각하기에 화장실은 10분 동안 준비할 수 있는 게 아니었으니까.

"단장, 사전 행동을 많이 해 놨나 보네?"

"하하, 그렇게 생각하실 수도 있을 거라 생각했습니다."

"그럼 이게 10분도 안 되는 시간에 가능하다는 말이야?"

"훈련만 잘되어 있다면 가능합니다."

"증명할 수 있겠나?"

이원영은 주변을 둘러보았다.

그러고는 고개를 끄덕이며 정우진에게 물었다.

"중대장, 정리하고 다시 한번 해도 되겠나?"

"예, 다른 진지도 모두 투입 완료한 상태라 상관없을 것 같습니다."

"바로 보여 드리게."

"예, 알겠습니다."

정우진과 진지의 병사들은 자연스럽게 진지를 정리하기 시작했다.

잠시 후, 세팅해 놓았던 모든 것들을 회수한 뒤 추지훈에게 말했다.

"그럼 시작하겠습니다."

"시작해라."

추지훈은 휴대폰을 꺼내 시간을 측정하기 시작했다.

정우진은 추지훈의 말이 떨어지기 무섭게 야전삽을 꺼내 진지 뒤로 뛰어갔다.

그러고는 땅을 미친 듯이 내려찍어 댔다.

추지훈은 휴대폰과 정우진을 번갈아 보며 입을 천천히 벌리고 있었고 그때, 정우진과 진지에 들어가는 병사들이 순식간에 거치대와 바닥을 세팅했다.

'연습을 얼마나 했길래 한마디 말도 안 하고 이렇게 일에만 집중할 수 있는 거지?'

추지훈도 군인이었기에 이게 얼마나 힘든 건지 잘 알고 있었다.

병사들이 간부들 지시도 없이 무언가 척척해 내는 것도 놀라웠는데 이를 지시 및 감독을 하는 간부는 과정을 궁금해하지도 않았다.

이내 화장실을 다 만든 정우진이 진지 뒤에 있는 땅을 파내기 시작했다.

그러고는 병사들이 정리한 짐들을 티 나지 않게 숨겨 놓은 뒤 거치대에 총을 거치하고 추지훈을 바라봤다.

"끝났습니다."

"……3분."

컵라면이 끓을 시간에 5일 동안 지낼 곳을 만들다니.

추지훈이 당황한 표정으로 이원영을 바라봤다.

"진지까지 오는 시간이 더 길었겠구만?"

"예, 그렇습니다."

빠르다고 어설프지도 않았고 여태 추지훈이 본 대침투 작전 진지 중에 단연 최고였다.

추지훈은 어이없다는 듯 웃어 보이고는 이원영에게 말했다.

"이렇게까지 했는데도 흠을 잡으면 내가 미친놈이지…… 투입은 더 볼 것도 없을 것 같으니 바로 내려가지."

"그럼 검문소 보러 가시겠습니까."

"그래, 어딘지 확인만 한번 해 보자."

추지훈은 이원영을 따라 산에서 내려가며 검문소를 검사할 필요가 있을까 싶었다.

'진지 투입보다 쉬운 게 검문소일 텐데 이제 와서 본다고 뭘

찾을 수 있겠어?'

숙련도가 필요 없는 곳이었다.

그냥 장애물을 알맞게 설치하기만 하면 끝나는 게 바로 검문
소.

굳이 평가를 하자면 차량을 검문하는 병사나 간부의 말솜씨
정도일까.

추지훈은 손에 들고 있는 평가지를 확인했다.

'이렇게 되면 점점 쪼잔하게 봐야 할 것 같은데…….'

이 정도 퀄리티에 미흡한 사항을 찾으려면 좀팽이처럼 치사
해져야 될 것 같은 느낌이 든다.

하지만 장군씩이나 돼서 그럴 순 없는 노릇.

머릿속에서 고민들이 교차되고 있던 그때, 검문소에서 차량
들을 검문하는 모습이 보였다.

그 모습을 본 추지훈이 미간을 찌푸리며 이원영에게 물었다.

"……지금 대대장이 검문하고 있는 건가?"

"예, 그렇습니다. 마을 주민들에게 인사도 할 겸 첫날은 대
대장이 직접 하기로 했습니다."

그 말에 추지훈은 미흡사항을 찾으려던 마음을 완전히 정리
했다.

'병사들이야 처음 보는 사람들 상대하는 게 어려워서 실수할
수도 있겠지만…… 설마 대대장이 실수를 하겠어?'

짬을 이상한 곳으로 처먹은 게 아니라면 병사들보다 훨씬 더

검문을 잘 할 것이다.

그리고 아니나 다를까, 박희재는 검문소에서 차량 운전자와 살갑게 이야기를 나누고 있었다.

"다들 안 바쁘신 분들인가…… 보통 아침에 검문소를 운용하면 엄청 짜증 내기 마련인데."

"부대 근처라 다 마을 주민분들일 겁니다. 일전에 안면을 터 놓아서 수월하게 할 수 있을 겁니다."

추지훈은 마을 주민과 안면이 있다는 말에 고개를 끄덕였다.

"홈그라운드의 이점을 잘 살리고 있구만."

"가용할 수 있는 자원인데 놓칠 수 없지 않겠습니까."

"……훌륭하다."

박희재는 검문소로 다가오는 추지훈과 이원영을 보고는 차량을 빠르게 통과시켰다.

"충성!"

"어, 고생이 많다. 대대장."

"중령 박희재! 아닙니다!"

"훈련 중인데 편하게 하시게."

"하하, 예. 알겠습니다."

박희재는 군기를 적당히 보여 주고는 추지훈이 괜찮다고 하자마자 바로 편하게 말했다.

"저희 소대장 잘 봐주셔서 감사합니다."

"아, 이놈?"

추지훈은 박희재의 옆에서 미소를 짓고 있는 대한을 쳐다보았다. 그리고 그도 대한과 같이 미소를 지으며 말했다.

"누가 데리고 있었나 했더니 자네가 데리고 있는 놈이었구만. 나도 겁 안 내는 놈인데 대대장이 고생이 많겠어."

"군인이 같은 군인을 보고 겁을 내서야 되겠습니까. 물론 이 친구는 겁을 좀 내야 한다고 생각은 하고 있습니다."

그 말에 대한도 얼른 맞장구를 쳤다.

"하하, 같은 군복을 입고 있는데 겁날 게 뭐가 있겠습니까."

그 말에 추지훈이 감탄하며 웃었다.

"크…… 재밌는 놈이야 하여튼."

"감사합니다."

"그나저나 넌 소대장인데 진지 투입 안 하고 뭐 하고 있냐? 검문소 운용이 임무야?"

"기동타격대 및 검문소를 운용하며 식사 추진 임무까지 맡고 있습니다."

그 말에 추지훈이 헛웃음을 터뜨렸다.

"너 혼자 훈련 다 하냐?"

"대대 인사과장도 저와 같이 움직입니다."

"그 친구는 어디 있는데?"

"주변 정찰 실시 중입니다."

그 말에 빈틈을 발견한 추지훈이 물었다.

"이때 적이 침투하고 도망치면 어떻게 할 거냐? 차량으로 추적 불가능하지 않나?"

"아닙니다. 차량 추적 가능합니다."

"2대를 운용하는 중이라고?"

"예, 그렇습니다."

"어디 있는데?"

"말씀드리기 곤란합니다."

추지훈은 대한의 대답에 어이없다는 표정으로 이원영을 쳐다봤다.

그러자 이원영이 자연스럽게 추지훈의 눈을 피했다.

박희재도 마찬가지로 검문소로 다가오는 차량에 다가가 검문을 준비했다.

'이것들 보게, 곤란한 질문은 소위한테 떠넘긴다 이거야?'

어이가 없었지만 웃기기도 했다.

추지훈이 피식 웃으며 대한에게 말했다.

"나 평가관이야. 평가는 하게 해 줘야지?"

"곧 평가하실 수 있으실 겁니다. 상황이 생기면 보여 드리겠습니다."

"도대체 뭐 때문에?"

"평가관님을 아군이라 판단하기 어렵습니다."

"뭐라고?"

대한은 할 말을 잃은 추지훈에게 본인이 왜 그렇게 말을 했는지 설명하기 시작했다.

"평가관님은 양쪽 부대에 연락이 가능하시지 않습니까. 혹시 모를 상황을 대비하는 것이니 너무 서운해하지 않으셨으면 좋겠습니다. 훈련이 끝나면 모두 상세히 설명드리겠습니다."

"내가 실수로 말할까 봐?"

"힌트가 제공되는 것도 원치 않습니다."

추지훈은 본인을 너무 무시한다는 생각을 지울 수가 없었다.

"나 소장이야. 김 소위."

"예, 알고 있습니다."

"네가 걱정하는 거는 나도 할 생각이 없는데?"

"휴대폰 제출하시면 다 알려 드리겠습니다."

그러나 대한은 절대로 물러서지 않았다.

'지금이야 저렇게 말하지만 특공여단이 침투를 계속해서 실패한다면 어떻게 나올지 모른다.'

사실 진지의 위치를 보여 준 것도 마음에 들지 않았다.

가제는 게 편이라고 결국 특공여단의 체면을 더 생각할 것을 알고 있었으니까.

'이 양반 때문에 작전에 실패하는 건 절대로 용납 안 되지.'

추지훈이 대한을 빤히 쳐다보자 대한이 말했다.

"아무도 원망하고 싶지 않습니다. 져도 온전히 저희가 못 해서 지는 것으로 하고 싶습니다. 소장님. 그리고 이건 저만의 의견이 아니라 단장과 대대장도 동의한 것이기에 모쪼록 이해 부탁드리겠습니다."

그 말에 추지훈은 입을 꾹 다물 수밖에 없었다. 그러기를 잠시, 이내 곧 한숨을 푹 내쉬며 말했다.

"그렇게까지 이야기하는데 더 캐물으면 내가 양아치지. 오냐. 내가 본 것만 평가하마."

"감사합니다."

두 사람의 대화가 마무리된 듯하자 그제야 이원영과 박희재가 슬금슬금 두 사람에게 다가왔다.

추지훈이 이원영을 빤히 보고는 고개를 내저었다. 그리고 휴대폰을 꺼내 시간을 확인했다.

'슬슬 올 때가 됐는데……'

대한은 추지훈이 시간을 확인하는 것을 보고는 속으로 미소를 지었다.

'꼴을 보니 저 양반, 특공여단이 어떻게 나올지 이미 알고 있네.'

뭔지 궁금하지는 않았다.

이미 공병단에서 준비하고 있는 것 중에 하나일 테니까.

대한이 무전기를 꺼내 고종민에게 말했다.

"선배님, 어떻게 됐습니까?"

ㅡ네 말대로.

박희재는 그 무전을 듣고는 고개를 끄덕였다.

"슬슬 준비하면 되겠네."

"예, 그렇습니다."

추지훈은 두 사람의 대화를 듣고 물었다.

"뭘 준비하나?"

"지켜봐 주시겠습니까?"

대한의 미소에 자신감이 가득했고 추지훈은 홍택수 쪽이 걱정되기 시작했다.

✻

그 시각 특공여단.

홍택수는 무전기를 통해 대화를 나누고 있었다.

"벌써 검문소가 설치되었다고?"

−예, 그렇습니다.

시작부터 계획이 틀어지다니.

그래도 이건 예상 범위 안이었다.

'준비 열심히 했나 보네. 이원영이.'

설치하는 거야 연습만 제대로 한다면 충분히 지금 시간에도 설치가 가능했으니까.

하지만 그걸 제대로 운용하는 것은 또 다른 일이었다.

"무전기 제대로 숨기고 진행해라."

−수신 완료.

홍택수는 추지훈에게 말한 대로 오늘 훈련을 종료시키기 위해 많은 걸 준비한 상태였다.

그렇기에 자신이 있었다.

'한 10분이면 끝나겠네.'

홍택수는 작전이 실패할 거라는 생각은 전혀 하지 않았다.

도리어 어떻게 하면 동기 체면을 덜 구길까 고민했지.

그리고 얼마 뒤, 검문소로 차량 하나가 접근하기 시작했다.

Chapter 2

다가오는 차량에 탑승한 인원은 둘.

수상해 보이진 않았다.

평범하게 시골에서 볼 수 있는 얼굴과 복장들이었으니까.

그들을 본 박희재가 눈을 좁혔다.

'수상한 점은 없어 보이는데…….'

오래된 군인과 농부는 사실 구분하기가 힘들다.

짧은 머리, 삭은 얼굴, 거친 몸, 까만 피부 등…….

그렇기에 좀 더 자세히 보기로 했다.

박희재가 운전석에 다가가 경례를 하며 인사했다.

"안녕하십니까. 공병단 대대장입니다. 훈련 중인데 잠시 협조 좀 부탁드리겠습니다."

서글서글하게 웃으며 다가갔지만 운전자는 미간을 찌푸린 채 말했다.

"바쁜데 뭐 하는 짓입니까. 빨리 비켜요."

있을 수 있는 반응이었다.

그도 그럴 게 한창 일할 시간에 도로 중앙을 막고 있는 것이었으니까.

그렇기에 박희재도 미소를 유지하며 말했다.

"죄송합니다. 잠깐이면 되니 협조 좀 부탁드리겠습니다."

"……하, 빨리 하세요."

병사들이 서둘러 트럭의 하부를 검색하고 대한은 창문을 통해 트럭 뒷자리를 살피기 시작했다.

운전자는 답답한지 담배를 꺼내 물었다.

대한은 그 모습을 보고는 더 유심히 뒷자리를 살폈다.

이윽고 검문이 끝났고 박희재가 미안한 기색을 띠며 말했다.

"시간 뺏어서 죄송합니다. 평가가 있어서 어쩔 수 없었던 것 양해를 좀 부탁드리겠습니다."

"설마 내일도 해요?"

"예, 5일짜리 훈련이라…… 제가 얼굴 기억해 놓을 테니 다음에는 더 빠르게 통과시켜 드리겠습니다."

"거 미리미리 말을 좀 주든지 바쁜 사람을 이렇게 잡으시면 쓰나?"

운전자가 구시렁대며 차를 출발시키려고 하자 대한이 병사들에게 말했다.

"막아."

"예, 알겠습니다!"

대한의 말에 눈치를 보던 병사들이 순식간에 돌변하며 차량 앞뒤로 스파이크 트랩을 설치했다.

그 모습을 본 운전자가 당황하며 박희재에게 외쳤다.

"지금 뭐 하는 겁니까?"

"하하, 그건 이제 이 친구한테 이야기 하십쇼."

박희재가 웃는 얼굴로 뒤로 빠진다.

그러자 대한이 앞으로 나오며 말했다.

"신분증 좀 부탁드리겠습니다."

"뭐? 내가 왜?"

"바쁘시다더니 안 가고 싶으십니까?"

그 말에 운전자가 어이없다는 표정으로 대한의 앞에 피우던 담배를 던지며 말했다.

"미친놈이네 이거? 너 뭐 돼? 내가 왜 신분증을 줘야 되냐? 그리고 일하러 나오는데 무슨 신분증을 들고 와?"

"지갑도 없으십니까? 보통 지갑은 챙겨 다니시지 않습니까."

"아니, 일하는데 지갑이 왜 필요해? 장난하는 것도 아니고 빨리 비켜!"

대한은 운전자의 말에 고개를 끄덕였다.

다 일리가 있는 말이었으니까.

하지만 그것만으로는 부족했다.

침투조도 신분증을 안 들고 나오는 건 마찬가지였으니까.

대한이 운전자의 말을 가볍게 무시한 채 말했다.

"잠깐 내려 주시죠."

"뭐? 아니 아까부터 보자 보자 하니까 군바리 새끼들이 시민한테 뭐 하는 짓이야? 내가 북한군이야? 어?"

대한은 운전자가 거칠게 나오자 말을 돌렸다.

"댁이 어디십니까?"

"아, 그건 또 왜! 비키기나 하라니까!"

"말씀 해 주시면 바로 보내 드리겠습니다."

그 말에 운전자가 한숨을 내쉬며 답했다.

"면사무소 있는 곳에 있다. 됐냐?"

"그렇군요. 애들아, 문 열어라."

대한의 말이 끝남과 동시에 병사들이 문 네 짝을 모두 열어 젖혔고 열받은 운전자가 성난 목소리로 소리쳤다.

"지금 뭐 하는 거야!!"

그러나 대한은 이번에도 운전자의 말을 무시하고는 뒷자리에 있는 박스를 뒤적였다.

그러자 작은 가방이 하나 나왔고 운전자는 침을 꼴깍 삼키기 시작했다.

대한이 가방의 지퍼를 열자 그 안에서 무전기가 나왔다.

무전기를 찾은 대한이 피식 웃으며 말했다.

"내가 그 동네 어른들을 다 아는데 당신 같은 사람은 본 적이 없거든."

"뭐?"

"그리고 보아하니 장교는 아닌 것 같은데 설령 장교더라도 우리 대대장님한테 너무 싸가지 없는 거 아닙니까?"

장교가 이 정도 외모일 수가 없다.

그도 그럴 게 운전자의 외모는 박희재와 동년배처럼 보였으니까.

그렇다면 최소 부사관 중에 상사쯤은 되겠지.

정곡을 찔렸는지 운전자는 그제야 말을 더듬으며 대답했다.

"후, 훈련 상황이었지 않습니까."

"그렇다고 욕하고 담배를 던질 것 까진 없었잖습니까? 그리고 담배를 피울 거면 차를 좀 더러운 걸 끌고 오든지. 작업하는 차치곤 뒷자리가 너무 깔끔하다고 생각되지 않습니까?"

대한이 본격적으로 의심했던 이유였다.

'고종민의 보고가 있어서 더 집중해서 봤는데, 역시.'

고종민은 시작과 동시에 특공여단 쪽으로 출발했고 적당한 길목에 숨어 특공여단 쪽에서 나오는 차량들을 모두 대한에게 알려 주었다.

그래서 더 유심히 본 것인데 어째 느낌이 쎄하더니 아니나 다를까 시민으로 위장한 침투조였다.

무전기를 찾은 건 양쪽 다 휴대폰을 못 쓰니 결정적인 증거가 필요해서 그랬던 거였고.

그때, 뒤로 물러나 있던 박희재가 쓱 다가와 말했다.

"관등성명."

"……예?"

"허허, 이놈 봐라. 아직도 정신을 못 차렸네."

"아, 아니 그게…… 죄, 죄송합니다."

"아니야, 반성이 덜 된 것 같아."

"자, 잘못 들었습니다?"

"얘들아, 적이다. 포박해라."

박희재의 명령에 순식간에 달려드는 병력들.

운전자와 동승자는 순식간에 포박당해 병사들의 손에 붙잡혀 부대로 끌려갔다.

그것을 본 추지훈이 혀를 내두르며 말했다.

"이제 저 친구들은 어떻게 하려고?"

그 말에 대한이 웃으며 말했다.

"포로니까 노역을 시켜야 되지 않겠습니까?"

"노역?"

"식당에서 일을 좀 시킬 겁니다. 일하지 않는 자 먹지도 말라고. 저희한테 도움도 안 되는 인력들인데 그냥 밥 먹이고 재울 수는 없지 않습니까."

"허."

그 말에 추지훈은 헛웃음을 터뜨렸다.

동시에 굉장히 놀랐다.

설마 침투조가 실패할 거라고는 전혀 생각하진 않았기 때문이다.

'내가 봐도 그럴싸해 보이는 놈들이었는데…… 정말 대침투 처음 해 보는 애들 맞아?'

만약 추지훈이 좀 전의 상황이었다면 그냥 통과시켰을 것이었다.

성질 더러운 시민과 엮여서 좋을 건 없었으니까.

하지만 대한은 그러지 않았다.

무전을 통해 차량을 전파받더니 이상한 점을 기가 막히게 찾아냈다.

그래서 더 궁금해졌다.

"근데 아까 무전은 누가 보낸 거냐?"

"정찰을 실시하고 있는 고종민 중위가 보낸 겁니다."

"어디서 뭘 하고 있는데?"

그 말에 대한은 잠시 고민했다.

이것도 작전 중에 하나인데 말해 줘도 되나 싶어서.

그러나 이내 고개를 끄덕이며 알려 주기로 했다.

'설마 실패한 방법으로 또 시도를 하겠어?'

대한의 말이 이어졌다.

"고 중위는 지금 특공여단과 공병단 사이쯤의 길목에 숨어 지나다니는 차량들을 감시하고 있습니다."

"굳이? 그 차들이 전부 이쪽으로 오는 것도 아니잖아."

"그렇긴 합니다만 작은 정보라도 최대한 많이 확보해 놔야 침투조를 잡을 확률도 올라가지 않겠습니까. 그 증거로 좀 전에 포로는 분명 면사무소 쪽이 집이라고 했는데 저 차량은 면사무소 방향에서 온 차량도 아니고 무려 고 중위가 발견해서 알려 준 차량이었습니다. 그래서 더 깊게 의심할 수 있었습니다."

그 말에 추지훈은 감탄했다.

강력하게 수색한 것에 대한 근거가 탄탄했기 때문이다.

'노련한 놈일세, 대침투 작전을 몇 번, 아니, 몇십 번은 해 본 놈 같아.'

그래서일까?

추지훈은 속으로 한숨을 내쉬었다.

다들 너무 잘하니 흠 잡을 데가 없었기 때문이다.

'택수 이놈, 오전 중에 끝내긴 글렀겠구만.'

추지훈이 조용히 고개를 내젓는다.

✳

한편 그 시각.

홍택수는 지휘 통제실에 앉아 연신 시계를 보며 미간을 찌푸렸다.

침투조의 보고를 기다리고 있었기 때문이다.

'이쯤이면 들어갔을 것 같은데…….'

검문소에 진입한다는 보고를 받고도 10분이 넘게 지났다.

홍택수는 이상한 느낌에 옆에서 커피를 홀짝이고 있는 평가관에게 물었다.

"평가관, 혹시 소장님께 연락 온 거 없나?"

"예, 아직 아무 연락 없습니다."

"혹시 물어봐 줄 수 있겠나?"

"훈련 상황에 관련된 건 질문하지 말라고 하셨는데…….."

평가관도 궁금한 눈치인지 이내 고개를 끄덕이며 대답했다.

"평가 종료를 할 수도 있으니 한번 물어보겠습니다."

"그래, 자네도 일찍 가는 게 좋지 않겠나."

"하하, 훈련 지켜보는 것도 좋긴 합니다."

"국방부가 빡세긴 한가 보네."

"진급하려고 간 곳이긴 한데 진급하기 전에 먼저 죽을 것 같습니다."

"크크, 전화나 한번 해 보게. 너무 일찍 끝나면 서로 훈련이 안 되니까 몇 번 더 침투해 준다고 전달도 좀 해 주고."

이미 승리를 확신한 듯한 말투였다.

그건 평가관도 마찬가지였기에 느긋한 표정으로 추지훈에게 전화를 걸었다.

"충성! 소장님 혹시…….."

평가관이 최대한 조심스럽게 결과를 물었고 이내 표정이 굳어지며 전화를 끊었다.

그 뜻 모를 표정에 홍택수가 물었다.

"왜, 뭐라고 하시나?"

"그…… 훈련 종료되지 않았다고 연락하지 말라고 하십니다."

"음? 몇 번 더 침투하라는 말씀이신가?"

우리 애들이 실패했을 리는 없을 텐데?

그도 그럴 게 이번에 침투시킨 인원들은 주말 농장이 취미인 실제 농부와 가장 가까운 인상을 가진 상사로만 구성해서 먼저 보냈으니까.

그래서 당연히 침투는 성공했을 테고 훈련이 너무 빨리 끝나도 안 되니 더 침투를 해보라는 말처럼 들렸다.

하지만 그건 홍택수만의 착각이었다.

"목소리에 짜증이 가득하신 걸 보니 그건 아닌 것 같습니다."

그 말에 홍택수의 미간이 좁혀졌다.

저 친구는 평가관으로 왔지만 추지훈과 같은 사무실에서 근무를 하기에 자신보다 추지훈의 안위를 더 빨리 파악할 터.

그렇기에 저런 반응이라면 확실했다.

내 부하들이 잡혀 있다는 사실을 말이다.

'아니 이게 말이 돼?'

휴대폰이라도 쓸 수 있었으면 좋으련만.

홍택수가 답답함에 숨을 크게 들이쉰다.

그러나 홍택수는 몰랐다.

이건 시작에 불과하다는 걸.

✳

얼마 뒤, 추지훈은 먼저 잡힌 포로 둘을 만나기 위해 병영 식당으로 이동했다.

포로들은 대한에게 들었던 대로 식당에서 재료 손질 중이었고 대대 주임원사가 감독하고 있었다.

일부러 주임원사를 배치해 둔 것이다.

특공여단 특성상 부사관이 많았으니까.

추지훈을 본 주임원사가 경례했다.

"충성!"

"예, 고생이 많으십니다. 잠깐 이 둘이랑 이야기 좀 하겠습니다."

"예, 알겠습니다."

포로 둘이 추지훈을 따라 흡연장으로 이동했고 추지훈이 두 사람에게 담배와 함께 위로의 말을 건넸다.

"아쉽게 됐네."

"······여단장님 볼 면목이 없습니다."

"다음 작전도 있지 않은가, 여단장도 이쯤 되면 다음 작전을 실시하겠지."

"그렇긴 하겠습니다만, 그래도 무척이나 부끄럽습니다. 상대가 공병단이라고 너무 무시했던 게 작전 실패의 원인인 것 같습니다."

해석하기에 따라 다르겠지만 추지훈은 이번 실패가 마냥 저들의 실수 같아 보이진 않았다.

그도 그럴 게 이들의 전략은 훌륭했고 본인이 검문소를 운용했더라도 이들을 통과시켜 줬을 정도로 훌륭한 위장 퀄리티를 보여 줬으니까.

'김 소위 그놈만 아니었으면 시작하자마자 훈련 종료였을 거다.'

그런 의미에서 사실 추지훈은 훈련이 일찍 종료되기를 바랐다.

군이 자랑하는 특공여단이 압도적인 전투력으로 다른 부대를 훈련시켜 주는 그런 그림을 원했으니까.

하지만 막상 공병단의 준비를 보니 매우 불안해졌다.

그래서 원래는 이러면 안 됐지만 이번에만 살짝 도움을 주기로 했다.

하지만 뭘 알아야 도움을 줄 수 있는 법.

추지훈이 진지한 표정으로 물었다.

"그래서 다음 작전은 뭔가?"

"그건……."

두 사람 중 하나가 입을 연다.

그런데.

"……실은 저희도 잘 모르겠습니다."

"뭐?"

생각지도 못한 엉뚱한 대답이 튀어나왔다.

그 말에 추지훈이 인상을 와락 찌푸렸다.

"출발하기 전에 회의하고 나온 거 아닌가?"

"저희 중에 혹시라도 공병단에 지인이 있을 걸 염려해 여단 장이 각자 따로 작전 지시를 내렸습니다."

쯧.

쓸데없이 치밀하네.

추지훈이 한숨을 내쉬며 말했다.

"알겠네, 가서 일 보게."

"근데 저희 진짜 훈련 종료할 때까지 식당 노역해야 되는 겁니까?"

"그걸 왜 나한테 묻나? 포로에 대한 대우는 공병단한테 물어 봐야지."

추지훈은 두 사람의 애처로운 눈빛을 무시한 채 차에 올랐 다. 그런 다음 바로 여단에 보내놓은 평가관에게 전화했다.

"어, 여단장 바꿔라."

홍택수는 기다렸다는 듯 추지훈의 전화를 받아 들었다.

―충성! 특공여단장 전화받았습니다.

"어, 난데. 그래서 다음 작전은 뭐야?"

─……다음 작전 말씀이십니까?

"첫 타자부터 막힌 주제에 뭘 망설이는 거야? 뭘 알아야 내가 도와주든 말든 할 거 아냐! 빨리 말해!"

추지훈의 호통에 홍택수가 얼른 보고했다.

─기, 기습이 실패했기에 정찰을 실시하려고 합니다. 그리고 정찰한 것을 바탕으로 야간에 산으로 침투할 예정입니다.

정석이라고 할 수 있는 방법이었다.

추지훈이 고개를 끄덕이고는 답했다.

"제대로 잘해. 너희가 보낸 두 명은 지금 식당에서 재료 손질 중이니까."

─식당에서 재료 손질 중이라뇨? 그게 무슨 말씀이십니까?

"포로로 잡혀서 일한다는 거지 무슨 말씀이기는…… 근데 내가 보기에 두 사람이 잘못한 건 없다. 두 사람의 침투작전은 나도 속을 정도로 완벽했으니까. 근데 이번에는 공병단이 조금 더 완벽했다. 여기에 괴물이 있어."

─괴물…… 예, 알겠습니다. 선배님.

"고생해라."

─예, 선배님도 고생하십쇼! 충성!

추지훈은 전화를 끊고는 검문소로 곧장 이동했다.

그리고 전화를 평가관에게 넘겨준 홍택수는 주먹을 꽉 쥐었다.

'이원영이…… 감히 내 부하들한테 식당 노역을 시키고 있다

이거지?'

추지훈으로부터 포로 소식을 듣자 괜히 붙잡힌 두 사람에게 미안한 마음이 들었다.

그들은 그저 지휘관의 명령으로 선봉에 섰던 것뿐이니까.

그나저나 괴물이 있다니?

덕분에 승부욕이 자극됐다.

괴물이라면 나한테도 많다.

홍택수가 뒤에 있는 인원에게 말했다.

"정찰조 인원들 불러와라."

"예! 알겠습니다!"

추지훈에게 경고받은 홍택수가 신중히 지도를 살피기 시작한다.

✳

그 시각, 검문소에서는 대한이 박희재를 구석으로 데리고 조용히 작전 회의를 진행했다.

"슬슬 저희도 준비하면 될 것 같습니다."

"지금? 너무 빠른 거 아니냐?"

박희재는 시계를 확인하며 물었고 대한은 고개를 내저었다.

"아닐 겁니다. 특공여단이 정찰도 없이 이렇게 빨리 움직인 걸 보면 단시간에 끝낼 생각인 것 같습니다."

박희재는 대한의 말에 고개를 끄덕일 수밖에 없었다.

그도 그럴 것이 특공여단이 빠르게 침투할 수도 있다는 걸 이야기했던 게 바로 대한이었으니까.

"참 신기하단 말이지. 넌 어떻게 그걸 딱 맞췄냐?"

"특공여단장을 보고 왔지 않습니까. 그럴 것 같았습니다."

"지휘관의 성향을 파악했다라……."

이 말 또한 반박할 수 없었다.

박희재는 물론 이원영 또한 대한에게 이미 파악이 되어 있는 상태였으니까.

박희재가 피식 웃으며 말했다.

"듬직한 놈. 알겠다. 차 키는?"

"차에 꽂혀 있습니다. 조수석에 보시면 갈아입으실 옷도 있습니다."

박희재는 대한의 등을 토닥이고는 곧장 대한이 지시한 작전을 실시하기 위해 차로 이동했다.

박희재가 검문소에서 자리를 비우고 몇 분 뒤, 추지훈이 검문소에 와서 피식 웃으며 이원영에게 말했다.

"취사병들이 아주 편하겠더구만?"

"하하, 일 잘하고 있습니까?"

"주임원사가 딱 버티고 있는데 어쩌겠나. 앞치마에 물 튀겨 가며 열심히 하고 있더라."

대한은 지나가는 차량을 검문하면서 두 사람의 대화에 집중했다.

이윽고 추지훈이 주변을 두리번거리더니 이원영에게 물었다.

"그나저나 대대장은 어디 갔나?"

"아, 대대장 말씀이십니까?"

질문과 동시에 이원영이 대한을 쳐다봤고 대한은 조용히 고개를 끄덕였다.

"잠시 주변을 둘러보러 갔습니다."

"아, 정찰 간 건가?"

"예, 그렇습니다."

"흠…… 알겠다."

추지훈은 잠시 검문소를 지켜보고 이내 차량으로 이동했다.

그리고 차에 타자마자 평가관에게 문자 한 통을 전송했다.

※

홍택수는 입수한 정보를 바탕으로 정찰조 애들을 새로 교육시켰다.

"우리들의 전우가 지금 공병단에서 식당 노역을 하고 있다는 사실을 절대 잊지 마라. 그리고 공병단 애들이 지금 정찰하러 돌아다닌다니까, 눈에 안 띄게 조심하고. 이상."

홍택수에게 교육받은 정찰조 애들의 눈에 분노가 치민다.

감히 공병단 주제에 내 전우들에게 재료 손질이나 시키다니.

분노는 원동력이 되어 그들을 움직이게 했고 정찰조 인원들은 공병단 근처까지 바로 이동했다.

그런 다음 2개 조로 나뉘어 정찰 1팀은 계속해서 차를 타고 정보를 수집하기로 하고 2팀은 도보와 산을 타고 이동해 베이스캠프로 지정된 곳에서 침투작전을 펼치기로 했다.

2팀 인원 둘이 차에서 내리며 1팀에게 말했다.

"반드시 선배님들을 구해 오겠습니다."

"그래, 몸조심해라."

차에서 내린 2팀은 후줄근한 사복으로 갈아입은 뒤 금방 1팀의 시야에서 사라졌다.

그런 다음 야산을 타고 재빠르게 이동해 사전에 베이스캠프로 지정한 '사일온천'이라는 관광지에 도착할 수 있었다.

그들의 작전은 간단했다.

사람들이 많이 모이는 사일온천에서 적당한 시민의 차를 얻어 타 적진에 침투하는 것.

이번 작전은 급조해 낸 게 아니라 특공여단에서도 꽤나 자주 애용하는 유서 깊은 작전이었는데 실패 확률이 거의 없는 무적의 작전 중에 하나였다.

그때, 함께 온 후임이 주차장을 둘러보던 끝에 말했다.

"김 중사님, 저 트럭 어떻습니까?"

"호로 씌워져 있는 저거 말하는 거지?"

김 중사는 후임이 말하는 트럭이 무엇인지 단번에 알아봤고 이내 고개를 끄덕였다.

"잘하면 바로 침투에 성공할 수도 있겠는데?"

"뭐가 실려 있는지 한번 확인해 보고 바로 트럭 주인한테 말해 보겠습니다."

"좋은 생각이다. 근데 그전에 보고만 좀 먼저 하고."

김 중사는 메고 있던 가방에서 무전기를 꺼내 1팀에게 상황을 전달했다.

1팀에서도 당연히 둘을 응원했고 김 중사는 곧장 후임을 데리고 온천 주차장으로 내려갔다.

그때, 후임이 신난 듯 웃으며 김 중사에게 말했다.

"공병단 놈들이 정찰하면 뭐 합니까. 저희가 어떻게 접근할지도 모르는데. 안 그렇습니까?"

"크큭, 당연하지. 제대로 된 작전도 안 해 본 놈들이 뭘 알겠냐?"

두 사람은 이미 작전을 성공시킨 것처럼 신나 있었다.

잠시 후, 호로가 씌워진 트럭에 도착한 두 사람은 곧장 호로 안을 확인했다.

안에는 상자가 가득했고 두 사람이 몸을 숨기기 좋아 보였다.

후임이 김 중사를 향해 활짝 웃으며 말했다.

"차 상태가 좋습니다. 이제 가는 길만 맞으면 될 것 같습니다."

"인심 좋은 시골 분들이라 방향이 조금 달라도 태워 주시겠지. 네가 잘 말씀드려 봐라. 나보다는 그래도 네가 낫잖아."

"하하, 알겠습니다. 걱정 마십쇼."

두 사람은 웃으며 온천 입구로 이동했다.

그리고 가져온 현금으로 어묵을 주워 먹기 시작했고 트럭 주인을 눈대중으로 찾기 시작했다.

그때, 누군가 두 사람에게 말을 걸었다.

"버스 기다려요?"

낯선 목소리에 고개를 돌려 보니 웬 중년 남성이 자신들을 보며 웃고 있었다.

그는 모자를 눌러쓴 채 먼지 묻은 패딩을 입고 있었는데 누가 봐도 인근 주민처럼 보였다.

경계를 푼 후임이 얼른 웃으며 대답했다.

"예, 버스가 늦네요."

"평일에는 평소보다 운행이 늦어요. 모르셨구나."

"아, 그래요? 주말에만 와서 전혀 몰랐네요."

중년 남성이 두 사람처럼 어묵을 집어 들며 말했다.

"목욕은 잘했어요?"

"예, 여기 물이 좋잖아요."

"……물 좋지, 그나저나 대학생?"

"갓 졸업하고 취업 준비 중이에요."

"보기 좋네. 금호역까지 데려다줘요?"

"하하, 아니에요. 괜찮아요."

차를 태워 준다는 건 고마웠지만 얻어 탈 차량은 이미 정해 났다.

후임은 웃으며 거절했고 중년 남성도 웃으며 답했다.

"한참 기다려야 할 텐데…… 그래요, 그럼. 안 그래도 차에 탈 자리가 없어서 뒤에 타야 했는데 젊은 친구들 타기에는 좀 불편해서 나도 미안하다."

중년 남성은 먹은 어묵 값을 계산하고 자신의 차로 이동했다.

그런데 그 차는 공교롭게도 두 사람이 미리 점찍어 둔 차량 이었다.

그것을 본 김 중사가 후임의 등을 빠르게 쳤고 놀란 후임이 얼른 중년 남성 뒤를 따라와 물었다.

"저, 죄송한데 그냥 태워 주시면 안 될까요? 갑자기 급한 일 이 생겨서……."

"그래요, 그럼. 근데 트럭 뒤에 타야 하는데 괜찮나? 앞에는 짐이 많아서 타기가 좀 곤란한데."

"아유, 태워 주시는 것만 해도 감사하죠. 저희 트럭 뒤에 잘 탑니다."

"그래요, 그럼."

허락을 받아 낸 후임이 김 중사에게 얼른 타라고 손짓했고 두 사람은 한 번 더 트럭 주인에게 감사 인사를 전한 뒤 트럭 뒤에 올라 상자 사이에 몸을 숨겼다.

상자 사이에 몸을 숨긴 두 사람이 히히덕 웃는다.

"일이 잘 풀리려니까 이렇게도 풀리네."

"크크, 진짜 운 좋은 것 같습니다."

잠시 후, 두 사람을 태운 트럭이 금호역으로 출발했고 김 중사는 곧장 1팀에게 상황을 알렸다.

이윽고 트럭이 출발했고 트럭은 사일온천을 벗어나 도로를 타고 달리기 시작했다.

그러다 얼마 지나지 않아 공병단이 세운 검문소에 멈춰 섰다.

두 사람은 바깥에 들리는 소리로 이곳이 검문소임을 알아채자마자 숨을 죽인 채 납작 엎드렸다.

그때, 두 사람의 귀에 이해 못 할 대화 소리가 들리기 시작했다.

"한번 확인해 봐라. 내가 보기에는 백 프로다."

"고생하셨습니다. 얘들아, 호로 열고 상자 치워라."

대한의 말에 병력들이 트럭의 호로를 연 뒤 상자를 치우기 시작한다.

그러자 상자 사이에 숨어 있던 둘이 뻘쭘하게 모습을 드러냈고 대한의 뒤에 서 있는 트럭 주인과 눈이 마주쳤다.

김 중사가 배신감에 조용히 중얼였다.

"어떻게 우릴……."

"내가 아직도 그냥 트럭 주인으로 보이나?"

"……예?"

"나 여기 대대장이야."

"……!"

트럭 주인의 정체는 다름 아닌 박희재였다.

그도 그럴 게 박희재는 대한의 부탁으로 미리 사일온천에 나가 덫을 치고 있었으니까.

김 중사가 얼빠진 목소리로 물었다.

"그게 무슨 말도 안 되는……."

"말이 안 되긴, 작전은 너희만 쓸 줄 아나 보지?"

박희재의 이죽거림에 두 사람은 더 이상 대꾸도 하지 못한 채 무전기를 압수당하고 식당으로 보내졌다.

두 사람을 보낸 대한이 웃으며 말했다.

"고생하셨습니다."

"고생은 무슨, 오랜만에 재밌었다."

"근데 저 둘이 군인인 건 어떻게 아셨습니까? 아무리 사일온천에 매복하고 계셨다 해도 잘못 데려오실 수도 있잖습니까."

"얼굴이 더럽더라고."

"얼굴 말씀이십니까?"

"목욕 잘했냐고 물었는데 입은 옷이며 얼굴이며 먼지가 좀 보이더라고, 그게 어딜 봐서 목욕하고 나온 사람의 모습이냐. 누가 봐도 산 타고 온 사람이지. 그리고 보통 사람들은 차 안 얼어 타. 특히 젊은 사람들은 더더욱이."

"역시 대대장님이십니다."

그 말에 대한이 웃었고 상황을 지켜보고 있던 추지훈이 어이가 없다는 듯 두 사람을 쳐다보았다.

그때 추지훈이 다가와 물었다.

"자네, 설마 환복까지 하고 정찰 나간 건가?"

"하하, 예. 그렇습니다."

"정성이 대단하군…… 그럼 이 트럭은 어디서 가져온 건가? 군 차량도 아닌데?"

"마을 사람들이 빌려줬습니다."

"아니, 다른 것도 아니고 이런 트럭은 평소에도 자주 쓸 텐데 이런 걸 넙죽넙죽 빌려준다고?"

"하하, 그러게나 말입니다. 아무래도 평소에 저희를 좋게 봐줘서 가능했던 것 같습니다. 안 그러냐, 대한아?"

"하하, 예, 그런 것 같습니다. 대대장님, 그런 의미에서 이제 정찰은 그만 나가 보셔도 될 것 같습니다. 아무리 그래도 이미 한번 잡혔는데 여단 쪽에서 같은 방법으로 또 시도해 오진 않을 거 아닙니까?"

"그렇겠지? 에잉, 재밌었는데 아쉽네."

두 사람의 대화에 추지훈은 더더욱 혀가 내둘러졌다.

'이거…… 이러다 진짜 특공여단이 지는 건 아냐?'

시작한 지 얼마 되지도 않았는데 벌써 포로만 4명이었다.

이대로는 안 됐다.

만약 특공여단이 지게 되면 그땐 정말로 전 군에게 놀림받을 게 뻔했으니까.

"흠흠."

추지훈이 헛기침 하며 자리를 벗어났다.

그런 다음 주위를 한번 둘러본 후 휴대폰을 꺼냈다.

'김 소위가 분명 같은 방법으로 또 시도하진 않을 거라고 했어.'

그렇다면 또 같은 방법을 시도한다면 허를 찌르게 될 터.

좀 치사하긴 했지만 어쩔 수 없었다.

추지훈이 평가관에게 전화를 걸기 시작했고.

"흐음."

대한이 조용히 숨어 그 모습을 지켜본다.

✳

한편, 정찰조 1팀의 김현용 상사는 자꾸만 시계를 보며 고개를 갸웃거렸다.

그도 그럴 게 슬슬 2팀의 소식이 들려야 했는데 아무리 기다려도 침투에 성공했다는 무전이 없었기 때문이다.

그래서 혹시 몰라 무전기의 짧은 통신 거리를 감안해 차를 공병단 쪽으로 이동했다.

하지만 그럼에도 무전이 오지 않자 홍택수에게 무전을 쳤다.

"아아, 혹시 평가관에게 연락 온 사실 있는지 확인 바람. 이상."

─아무 연락 없다고 알림. 이상.

연락이 없단다.

그 소식에 김현용이 한숨을 내쉬며 대답했다.

"……작전 실패한 것으로 추정됨. 이상."

─……수신 완료.

축축 처지는 회신 목소리.

이대로는 안 됐다.

여단장에게 새로 교육까지 받았는데 이대로 침투에 실패한다는 건 김현용 스스로도 도저히 납득이 안 됐으니까.

그러므로 이렇게 된 이상 제대로 된 정보라도 확보해 가야만 했다.

'쯧, 이럴 줄 알았으면 하나 더 데리고 올 걸 그랬네.'

정찰조를 두 개 조로 나누면서 김현용은 홀로 1팀을 자처했다.

자신은 주로 차량으로 이동해야 했으므로 둘보단 혼자 움직이는 게 더 자연스러워 보인다고 생각해서였다.

이는 정확한 판단이었다.

대한이 고종민에게 지시한 내용도 차량에 두 명 이상 탑승하고 있다면 유심히 살펴보라는 것이었으니까.

하지만 일이 꼬였다.

김현용은 공병단 근처를 자연스럽게 돌며 상황을 살피기 시작했다.

'검문소에 인원을 많이 배치해 놨네. 그냥 돌파하기는 어렵겠다.'

만약 검문소가 어설펐다면 검문을 무시하고 통과하는 것도 생각하고 있었다.

하지만 척 보기에도 검문소는 빡빡해 보였고 강행 돌파는 자연스럽게 제외시켰다.

그렇게 김현용은 한참이나 주변을 더 돌아다녔다.

때로는 차를 적당히 숨기고 망원경을 꺼내 산을 살피기도 했지만 겨울이라 나무에 잎이 적음에도 불구하고 잘 보이지 않았다.

공병단이 진치 구축을 워낙에 잘해 놨기 때문이다.

결국 이리저리 장소를 옮겨 가며 추가 관측을 했는데 하필이면 그 주변에 고종민이 있었다.

고종민이 김현용이 탄 차의 번호판을 수첩에 적으며 운전병에게 말했다.

"저 차 쫓아가 봐."

"왜 그러십니까?"

"아까부터 계속 보이는데 헤아려 보니 우리랑 벌써 3번째 마주치는 중이거든? 좀 수상해, 어디 가는 길인지 확인이나 한번 해 보자."

"예, 알겠습니다."

운전병은 김현용의 뒤를 최대한 티 안 나게 밟기 시작했다.

하지만 눈치 빠른 김현용은 고종민의 추격을 금세 눈치채고 바로 악셀을 밟기 시작했다.

부아앙!

그 모습을 본 고종민이 소리쳤다.

"야, 야! 바짝 따라붙어라! 절대로 놓치면 안 된다!"

명령을 내린 고종민이 즉각 무전기를 들어 대한에게 이 사실을 알렸다.

그리고 소식을 들은 대한은 바로 이원영에게 보고했다.

"단장님, 기동타격대에서 특공여단 정찰조를 발견한 것 같다는 연락을 받았습니다."

"지원 갈 거냐?"

"예, 지금 도주하는 차량을 추격 중인데 아무래도 차를 못 잡는 것 같습니다."

"과속하는 차량을 가만히 놔두면 안 되지. 다녀오너라."

"예, 알겠습니다."

그때, 추지훈이 다가와 물었다.

"이번에 또 뭐 하러 가는 거냐?"

"기동타격대 지원하러 갑니다."

"기동타격대를? 그 인원들이 지원 임무를 하는 것 아니냐?"

"그렇긴 한데 타격대가 지금 본래의 임무를 하고 있는 게 아니라 저희 쪽에서 도와주러 가야 합니다."

대한은 적을 섬멸하는 임무를 가진 기동타격대에 추격 임무를 시켰다고 굳이 설명하지 않았다.

'괜히 말해서 트집 잡힐 이유는 없잖아.'

추지훈은 평가관이다.

그러니 아무리 친해도 조심해야 했다.

그렇기에 추지훈은 집요했다.

"타격대는 지금 뭐 하고 있고 너는 뭘 하러 가는 건데?"

그 말에 대한은 잠시 대답을 망설였다.

이걸 대답해야 하나?

그러나 위기를 기회 삼는다고, 이 물음을 십분 활용키로 했다.

'이 참에 누구 편인지 확실하게 한번 확인해 봐야겠군.'

대한이 말했다.

"지금 적 정찰조로 추정되는 차량을 확인했고 기동타격대가 추격 중입니다. 그런데 정찰조 추정 차량이 수신호를 무시하고 과속해서 도망 중이라고 지원을 요청했습니다."

"너는 다른 차량으로 그 차량을 막으러 가는 거고?"

"예, 그렇습니다."

"위험하지 않나?"

"못 쫓을 것 같으면 조용히 뒤만 밟다가 복귀하겠습니다."

"흠…… 알겠다."

추지훈은 수첩에 무언가 적어 내려갔고 대한은 서둘러 자리를 이동했다.

그 모습을 지켜보던 대한이 턱을 어루만졌다.

어차피 특공여단의 정찰조가 얻어 갈 수 있었던 건 없었을 것이다. 또한 한 번쯤은 그냥 보내 줘도 승리하는 데 아무 지장도 없을 테고.

하지만 그럼에도 추지훈이 저쪽 편을 드는 건 싫었다.

'트롤링만 안 했으면 좋겠는데…….'

그러니 이번 일을 기회로 피아식별을 확실하게 할 수 있을 터.

이내 추지훈이 시야에서 사라지자 대한도 그제야 움직이기 시작했다.

'그럼 이제 그 녀석을 한번 꺼내러 가보실까?'

대한은 이번 작전을 위해 비밀병기 하나를 준비해 왔다.

그래서인지 그 녀석을 꺼낼 생각에 가슴이 두근거리기 시작했다.

✳

와앙!

우렁찬 엔진 소리.

검문소에 웬 스포츠카 한 대가 등장했다.

한겨울이었음에도 불구하고 스포츠카는 윗 뚜껑이 열려 있었는데 스포츠카가 검문소로 다가오자 병력 중 하나가 말했다.

"와, 이런 촌에서 포르쉐라니…… 진짜 멋있는 것 같습니다."

"어디서 놀러 왔나? 쟤들은 그냥 보내. 특공 애들이 고작 침투 한번 하겠다고 저런 차를 몰고 왔을 리는 없을 거 아냐."

"예, 알겠습니다."

병사는 경광봉을 들고는 통과하라는 신호를 보냈다.

그런데 스포츠카는 병사의 지시에 따르지 않고 검문소에 멈춰 섰고 의아함에 다가간 병사는 이내 깜짝 놀란 표정으로 경례를 올려붙였다.

"추, 충성!"

그러자 스포츠카 운전석에 앉아 있던 사람이 한 손을 문에 걸친 채 껄렁하게 말했다.

"설마 좀 전에 그냥 통과시키려고 한 건 아니지?"

"아, 아닙니다!"

"그래, 혹시라도 절대로 그러면 안 된다. 스포츠카가 아니라 비행기가 와도 말이야."

"명심하겠습니다! 충성!"

스포츠카에 앉아 병사에게 훈수하는 이.

다름 아닌 박희재였다.

박희재는 손에 개인화기인 k5 권총을 들고 있었는데 조수석에는 대한이 앉아 있었다.

그때, 저 멀리서 홍택수에게 연락을 취하려던 추지훈이 놀란 얼굴로 다가왔다.

"대대장? 이 차는 또 뭔가?"

그 말에 대한이 대신 대답했다.

"제가 지인이랑 차를 바꿔 타고 있습니다. 그래서 일단 가져와 활용하고 있습니다."

"이런 차를 바꿔 탄다고?"

"워낙 부자인 지인이라 괜찮습니다."

그 말에 추지훈이 미간을 좁히며 물었다.

"근데 아까 나한테 말한 것과는 좀 다르지 않나?"

"어떤 것 말씀이십니까?"

"못 쫓을 것 같으면 조용히 뒤만 밟다가 복귀한다더니? 근데 이런 차면 조용히 따라가는 것 자체가 불가능하잖아."

그 말에 이번에는 박희재가 대신 대답했다.

입에는 묘한 미소를 띠고서.

"여기 올 땐 제가 일부러 막 밟아서 시끄러웠던 거지 막상 그렇게 시끄럽진 않습니다."

"……자넨 그 권총이나 안에 넣게."

"하핫, 죄송합니다. 그럼 먼저 가 보겠습니다."

박희재가 추지훈의 눈치를 보며 차를 살살 움직였다.

그러다 시야에 추지훈이 안 보이자 박희재가 목 근육을 휘휘

풀며 대한에게 물었다.

"준비됐지, 한?"

"물론입니다, 재."

"가즈앗!"

부아아앙!!

기어를 바꾼 박희재가 엄청난 굉음을 울리며 앞으로 쏘아져 나간다.

✻

추지훈은 두 사람의 스포츠카를 보자마자 급하게 평가관에게 문자를 보냈다.

그 문자는 금방 홍택수를 거쳐 김현용에게 무전으로 전달됐다.

"공병단에서 지원을 온다고 함. 최대한 따돌리기 바람. 이상."

김현용은 바쁜지 무전에 대답하지 않았다.

홍택수도 굳이 재확인하지 않았다.

어련히 알아서 잘 알아들었을 거라고 생각했으니까.

대신 추지훈이 보내 온 다른 문자에 신경을 썼다.

'한 번 더 검문소 통과를 시도하라니……'

공병단이 방심하고 있다는 말과 함께 온 말이었다.

홍택수는 자신들을 신경 써 주는 추지훈이 고마웠지만 그 명령에 따를 생각은 없었다.

자존심 때문이었다.

'자존심이 있지. 이런 정보 없이도 충분히 뚫을 수 있다.'

특공여단이 공병단을 못 이기는 게 말이나 될까?

가뜩이나 넷이나 잡혀 기분이 안 좋은데 이런 식으로 도움을 받아 이기고 싶지 않았다.

만약 이런 식으로 이긴다 한들 그것은 완전한 승리가 아니라고 생각했으니까.

그래도 혹시 필요할 수도 있으니 수첩에 메모하는 건 잊지 않았다.

'그나저나 현용이가 잘 따돌려야 할 텐데…….'

이제 그에게 남은 건 기도뿐이었다.

✳

그 시각, 무전을 들은 김현용은 코웃음을 쳤다.

'이 와중에 지원을 나오는 게 의미가 있나?'

이미 공병단과 멀어질 만큼 멀어졌다.

그런데 이제 와서 지원이라니?

오히려 잘됐다고 생각했다.

나 하나가 어그로를 끌어 공병단 병력 일부를 대침투 작전에서 제외시킬 수 있는 상황이라고 생각했으니까.

'어차피 나는 작전에서 빠져도 크게 상관없다. 지금까지 정찰한 건 보고를 다 했으니까.'

비록 그 정보가 검문소 경비가 삼엄하다는 게 전부였지만 그래도 그게 어딘가?

생각을 마친 김현용은 차를 틀어 고속도로 쪽으로 향했다.

그런 다음 뒤따라오는 고종민의 차를 확인한 뒤 일부러 속도를 줄였다.

어그로를 끌 거면 확실하게 끌어야 한다고 생각했으니까.

그것을 본 고종민이 무전기를 들었다.

"정찰조 차량이 속도를 줄였다, 이상."

─위치 알려 주기 바람. 이상.

"현재 고속도로 방향으로 이동 중이다, 이상."

─아무래도 일부러 그러는 것 같다. 추월하지 말고 그냥 뒤만따라 붙길 바람, 이상.

대한의 말에 고종민도 그제야 고개를 끄덕였다.

김현용이 백미러로 고종민의 차를 보며 생각했다.

'어차피 여긴 시골길이라 날 추월하려면 중앙선을 넘어야 할텐데 그게 말처럼 쉽진 않지.'

사고의 위험도 있는데다 설령 추월 시도를 하면 자기도 차를옮겨 막아서면 그만이다.

그렇게 달리길 얼마간, 갑자기 어디선가 커다란 굉음 소리가들려오기 시작했다.

부아앙!

깜짝 놀란 김현용이 사이드 미러를 확인했다.

그러자 웬 스포츠카 한 대가 중앙선을 넘어 이쪽으로 달려오고 있었다.

'저건 또 뭐야?'

김현용이 인상을 찌푸린다.

이런 시골길에 스포츠카 폭주라니?

그렇기에 도리어 경계하지 않았다.

오히려 추월해 갈 수 있도록 줄인 속도 그대로 달렸다.

그때, 달려오던 스포츠카가 자신의 차 옆에 딱 붙어 달리기 시작했고 이상함에 고개를 옆으로 틀자 김현용은 자신의 눈을 의심할 수밖에 없었다.

"어, 어?"

너무 놀라서 순간 말도 안 나왔다.

김현용이 놀란 이유.

다름 아닌 뚜껑 열린 스포츠카 안에 웬 군인 두 명이 타고 있었는데 심지어 운전자는 손에 권총을 들고 있었기 때문이다.

그때, 조수석에 앉은 웬 소위와 눈이 마주쳤다. 그런데.

찡긋-.

그 소위는 여유롭게 윙크 한 번을 해 보이고는 곧바로 자신의 차를 추월해 자신의 차를 막아섰다.

'뭐 하는 놈들이야, 저거?'

군복에 권총이라니?

코스프레 같은 건가?

하지만 그런 것치곤 너무 리얼한데?

하지만 스포츠카잖아?

저 브랜드가 한두 푼 하는 것도 아니고 군인이 어떻게…….

그때, 자신을 추월한 스포츠카가 갑자기 속도를 줄이기 시작했다.

김현용은 갑자기 줄어드는 속도에 욕지거리를 내뱉으며 중앙선을 넘어 추월을 시도하려 했으나.

"어림도 없지."

박희재가 능숙하게 그의 추월을 저지했다.

빠앙!!

화가 난 김현용이 클락션을 누른다.

하지만 스포츠카는 여전히 아랑곳 않고 김현용을 막아섰고 이내 곧 스포츠카의 리드에 맞춰 세 차량 전부 멈춰 설 수밖에 없었다.

박희재는 중앙선에 걸쳐 차를 비스듬하게 주차한 후 대한과 함께 내렸다.

그런 다음 김현용의 차로 다가가 운전석 창문을 두드렸다.

창문을 두드린 대한이 웃으며 물었다.

"차 번호 4885…… 특공여단 정찰조 맞죠?"

대한의 물음에 김현용이 창문을 살짝 내린 뒤 미간을 찌푸린 채 말했다.

"아닌데요? 지금 뭐 하시는 거죠?"

"걸리면 발뺌부터 하는 게 특공여단 특징입니까? 그냥 내리시죠?"

"글쎄 지금 무슨 소릴 하시는 겁니까? 비키세요, 군인들이 이래도 되는 겁니까?"

그 말에 대한이 턱짓으로 조수석을 가리키며 웃었다.

"발뺌할 거면 조수석에 무전기부터 치우고 발뺌하시죠."

그 말에 김현용은 조수석의 무전기를 바라보았고 조용히 한숨을 내쉬며 창문을 완전히 내렸다.

"이게 무슨…… 알겠습니다, 공병단으로 갈 테니까 먼저 출발하십쇼."

"제가 그쪽을 어떻게 믿습니까? 그냥 내리시죠, 이 차는 제가 운전하겠습니다."

씨알도 안 먹히는 거짓말.

김현용은 다시 한번 한숨을 내쉬며 차에서 내렸고 대한이 고종민의 차량을 가리키며 말했다.

"저 차에 탑승하시면 됩니다."

"……그전에 뭐 하나만 물어봐도 됩니까?"

"대답해 드릴 수 있는 거라면 대답해 드리겠습니다."

"저 스포츠카는 대체 뭡니까?"

아무리 생각해도 이해가 되지 않았다.

세상에 어느 군인이 대침투 작전을 하는데 포르쉐를 끌고 오나?

그 말에 대한이 피식 웃으며 말했다.

"제 출퇴근 차량인데 지인이랑 잠시 바꿔 타는 중입니다."

"지인이 포르쉐를 빌려준다구요?"

"그 지인이 돈이 좀 많습니다. 자자, 그럼 이제 얼른 뒤에 가서 타시고 좀 이따 뵙겠습니다."

김현용이 매가리 없는 발걸음으로 차에 탑승한다.

이윽고 김현용의 차를 확보한 대한이 조수석에 있던 특공여단의 무전기를 들고 물었다.

"혹시 다른 전달받은 사항 있는지. 이상."

-지원 갔다는 것 말고 다른 연락 없다고 알림. 이상.

무전 회신에 대한이 혀를 찬다.

이럴 줄 알았다.

휴대폰 만질 때부터 알아봤어, 내가.

추지훈에 대한 피아식별을 마친 대한이 무전기를 조수석으로 던져 버렸다.

✳

대한의 물음 이후, 홍택수는 김현용에게 몇 번이나 추가로 무전을 시도했지만 더 이상 대답이 돌아오지 않았다.

'답답하게 뭣들 하는 거야?'

휴대폰을 사용하지 않는 훈련은 자주했기에 이런 상황에 당황할 홍택수가 아니었다.

하지만 이번에는 뭔가 좀 이상했다.

현장을 뛰어다니는 임무를 하고 있는 것도 아니고 차량에 무전기를 놔둔 채 운전하는 중일 텐데 이렇게 연락이 안 된다니?

높은 확률로 무전기의 통신 거리가 넘어간 것이라고 생각할 수밖에 없었다.

'그럼 아직도 추격전을 벌이고 있는 중이라고?'

홍택수는 훈련 인원들을 편성할 때 각 분야의 에이스들만 추렸다.

김현용 상사도 그중 하나였는데 만약 그라면 자신을 희생해 공병단의 간부들을 현장에서 제외시키는 판단을 했을 수도 있겠다는 생각이 들었다.

'그래, 그럴 확률이 높을 것 같네. 이렇게 된 이상 다음 작전이나 실행하자.'

그때, 평가관이 홍택수를 불렀다.

"여단장님, 전화 받아 보셔야 할 것 같습니다."

"선배님이신가?"

"예, 그렇습니다."

뭐지?

대처 잘했다고 칭찬이라도 해 주시려는 건가?

홍택수가 얼굴에 미소를 띤 채 여유로이 휴대폰을 받아 들었다.

"충성!"

―너 이게 실전이었으면 어떻게 하려고 이딴 식으로 훈련하냐?

"……자, 잘 못 들었습니다?"

갑작스러운 불호령.

추지훈의 타박은 계속 됐다.

―병사도 아닌 간부가 5명이나 포로로 잡혔다. 이젠 침투에 성공해도 욕먹을 판이야, 알아?

"예? 5명이라뇨? 그럴 리가 없는데?"

―정찰조 다 잡혔으니까 그렇게 알아.

"예?! 선배님, 그게 지금 무슨 말씀이신……."

그러나 추지훈은 홍택수의 말을 무시한 채 전화를 끊어 버렸다.

그런 다음 미간을 잔뜩 찌푸린 채 담배를 연거푸 피워 대기 시작했다.

'그 소위 놈…… 뭔가 알아챈 것 같단 말이지.'

김현용을 잡아 온 대한은 부대에 복귀하자마자 추지훈에게 질문 한 가지를 했다.

그 질문은 바로 상대방의 무전기를 사용해도 상관없냐는 것.

'그땐 별생각 없이 된다고 하긴 했다만…….'

전장에서 습득한 노획물인데 당연히 어떻게 사용하든 상관없다.

오히려 잘 활용하면 칭찬을 해 줘야 될 일.

그런데 뒤돌아 생각해 보니 특공여단의 무전기를 공병단이 사용했을 때 생기는 문제가 있었다.

'내가 미리 귀띔해 준 걸 알 수도 있겠지.'

무전기 특성상 목소리로 사람을 구분하기에는 전화보다 어려움이 많았다.

대한이 시간을 두고 김현용의 무전기로 김현용인 척을 했다면 충분히 김현용인 척 할 수도 있는 상황.

그리고 하필 특공여단의 무전기를 들고 있던 사람이 대한이었다.

다른 사람이라면 크게 걱정 안 했을 것이다.

하지만 대한은 자기가 보기에도 심상찮은 놈.

당연히 주의를 기울여야 했다.

추지훈이 이마를 짚으며 미간을 찌푸렸다.

'하…… 이거 얼굴에 먹칠하게 생겼네.'

장고 끝에 흡연을 마친 추지훈이 대한을 찾아 불렀다.

"김 소위, 잠깐만 나 좀 보지."

"소위 김대한. 예, 알겠습니다."

대한은 추지훈에게 달려왔고 추지훈이 조용히 물었다.

"혹시 무전기 사용했나?"

"……아직 사용 안 했다고 하면 믿으실 겁니까?"

그 말에 추지훈의 눈이 좁혀졌다.

이놈…… 이미 다 알고 있구나.

추지훈이 깊은 한숨을 내쉬었다.

그러자 대한이 주변을 살피고는 조용히 말했다.

"혹시나 해서 말씀드리는 건데 아직 아무한테도 말하지 않았습니다."

그 말에 추지훈의 눈이 화들짝 커졌다.

그러고는 의아한 목소리로 물었다.

"……왜지?"

"소장님께서도 다 생각이 있으시니 알려 주신 것 아니겠습니까? 나중에 여쭤보려고 했는데 지금 말씀하셔서 답변드리는 겁니다."

그 말에 추지훈은 속으로 헛웃음을 터뜨렸다.

살다살다 내가 소위한테 배려를 받게 될 줄이야.

물론 대한이 이 사실을 이원영에게 말했다고 하더라도 이원영은 본인에게 아무런 말도 하지 않았을 것이다.

더럽고 치사하긴 해도 어떻게 자신한테 티를 낼 수가 있겠는가?

하지만 그것과는 별개로 이 사실이 알려지면 본인의 체면이 구겨지는 건 절대로 피할 수가 없었다.

그렇기에 대한에게 고마움이 느껴졌다.

대한의 깊은 배려에 추지훈이 조용히 고개를 끄덕이며 말했다.

"……훈련이 끝나면 내가 왜 그랬는지 알게 될 거다."

"예, 알겠습니다."

"가 봐."

"예!"

추지훈은 멀어져 가는 대한을 보며 생각했다.

이번에 배려받은 것.

절대로 잊지 않겠다고.

빈말이 아니었다.

다른 사람은 몰라도 이번 은혜는 반드시 갚겠노라 다짐했다.

✳

시간이 흘러 밤이 찾아왔다.

겨울밤은 추웠다.

그도 그럴 게 지금은 혹한기 대신 훈련하고 있는 중이었으니까.

특공여단 쪽은 김현용을 마지막으로 꽤 잠잠했다.

덕분에 대한은 검문소에서 추위와 싸우는 중이었다.

그때, 박희재가 보온병을 들고 대한에게 다가왔다.

"코코아 한잔해라."

"예, 감사합니다."

역시 중령은 아무나 하는 게 아니었다.

이 시간에 따뜻한 코코아라니.

박희재는 주변의 병력들에게도 한잔씩 나눠 준 뒤 대한에게 말했다.

"야간에는 특별히 할 거 없지?"

"예, 검문소도 조용하고 야간은 차단선 진지가 메인 아니겠습니까."

"그거야 그렇지. 그나저나 진지 인원들 낮에 잠 좀 잤으려나?"

"아까 정찰조들 잡은 뒤에 확인차 진지에 올라갔다 왔는데 다들 휴식 잘 취하고 있었습니다."

"소장님도 보셨나?"

"예, 제가 보여 드렸습니다."

"뭐라 안 하시든?"

박희재는 약간 걱정스러운 듯 물었다.

그도 그럴 게 24시간 경계해야 하는 차단선 진지에서 병력들이 제대로 취침을 취하고 있었으니까.

하지만 추지훈과 함께한 사람은 다름 아닌 대한이었다.

그것도 무전기 사건에 대해 대화를 나눈 뒤에 말이다.

대한이 웃으며 말했다.

"예, 제가 부가적인 설명을 드리니 잘했다고 하셨습니다."

"뭐라고 했길래?"

"야간에 꾸벅꾸벅 졸 바에 지금 제대로 자고 야간에 완벽히 경계를 서는 게 낫지 않냐고 말씀드렸습니다."

"이야, 그걸 넘어가셨어? 소장님도 당연히 옛날 군인일 줄 알았더니만 꼭 그런 것도 아니신가 보네."

"하하, 전 처음부터 깨어 있으신 분이라고 생각했습니다."

"잘됐네. 그나저나 오늘 밤은 그냥 조용히 넘어갔으면 좋겠는데……."

"그러게나 말입니다."

그러나 그 바람은 이루어지지 못했다.

두 사람이 코코아를 나누고 있던 그 시각.

고종민은 지휘소 옆에 있는 슈퍼 앞에서 차량 대기 중이었는데 그때, 슈퍼 주인 할머니가 나와 고종민이 타고 있던 차의 창문을 두드렸다.

"예, 할머니. 연락 왔어요?"

"면사무소 옆에 편의점 있지? 거기에 처음 보는 사람이 왔다네. 새까만 옷 입고."

"감사합니다. 할머니."

기다리던 정보가 떴다.

고종민은 서둘러 차의 시동을 걸고 검문소로 향했다.

휴대폰 사용이 불가능하다 보니 일부러 슈퍼 옆에 와서 대기하고 있었는데 아나나 다를까, 타이밍 좋게 호재가 뜬 것이다.

검문소에 도착한 고종민이 바로 이 사실을 대한에게 알렸다.

"그럼 선배님이 한번 잡아 와 보시겠습니까?"

"안 될 건 없지. 지금 바로 출발할게."

"놓치시면 안 됩니다. 만약 놓치게 되면 저희가 여태 마을 돌아다녔던 거 헛수고되는 거 잘 알고 계시죠?"

말 그대로였다.

만약 고종민이 출동해서 그 인원을 놓친다면 특공여단 인원들이 다시는 민간 시설에 들리지 않을 게 분명했으니까.

그럼에도 대한이 자신이 직접 가지 않고 고종민을 보내는 건 대한이 생각하기에 그 사람은 특공여단 쪽 인원이 아닐 것 같아서였다.

'밥 먹듯이 침투 연습하는 놈들인데 그런 아마추어 같은 행동 했을까 봐.'

그래도 혹시 모르는 일이라 고종민을 보내는 것.

대한의 염려에 고종민이 자신 있게 말했다.

"잘 알지. 그러니까 너무 걱정하지 마."

"예, 알겠습니다. 그럼 조심해서 다녀오십쇼."

기동타격대가 출동하자 소란스러운 소리를 들은 추지훈이 검문소로 다가왔다.

"뭔 일 있었나?"

"방금 기동타격대 인원들이 나갔습니다."

"왜?"

추지훈은 그저 생각 없이, 반사적으로 되물었다.

하지만 대한은 그런 추지훈을 빤히 쳐다보더니 이내 웃으며 대답했다.

"그건 결과로 확인하셔도 될 것 같습니다."

생각 없이 물어본 건데 자신을 경계하는 대한의 모습을 보자 괜히 양심에 찔린다.

추지훈이 헛기침하며 대답했다.

"흠흠, 그래. 과정은 결과로 증명하는 거지."

추지훈이 민망함에 자리를 뜨자 그것을 본 박희재가 조용히 다가와 말했다.

"대한아, 저분 계급이 소장인 건 알고 있지?"

"예, 알고 있습니다."

"……그래, 너를 누가 말리겠냐."

박희재가 고개를 내젓고 대한은 그저 웃는다.

하지만 두 사람 사이에 얽힌 사정을 모르는 박희재는 그저 대한이 걱정스럽기만 하다.

얼마 뒤, 고종민은 대한의 예상대로 빈손으로 돌아왔다.

"못 찾겠더라. 그래서 정찰하는 척만 하고 그냥 왔어."

"도로에서도 못 보셨습니까?"

"응, 사람 하나 없던데?"

"그럼 진지에 제대로 경계하라고 해야겠습니다."

그렇다고 아무런 수확이 없었던 건 아니다.

로또부터
장군까지

슈퍼 할머니의 정보 덕에 진지 경계를 강화할 수 있는 구실을 만들 수 있었으니까.

대한이 진지장들에게 무전을 날렸다.

"현 시간 부 전방 경계 철저히 하도록. 이상."

―1진지 수신 완료.

―4진지…….

무전기를 가지고 있는 진지에서 차례대로 무전이 들려왔다.

그러자 추지훈이 물었다.

"거수자를 발견했나 보지?"

"예, 그렇습니다."

"첩보도 없는데 어떻게 했을까……."

찔리는 게 있어 대놓고 물어보진 못 하고 혼잣말처럼 에둘러 묻는다.

그 모습이 소장답지 않게 퍽 귀엽게 느껴져 대한이 웃으며 말했다.

"기억해 놓았다가 나중에 훈련 종료하고 다 말씀드리겠습니다."

"크흠…… 그래. 알겠다."

추지훈이 특공여단에 정보를 제공한다는 걸 일찍 알아챈 것이 다행이었다.

만약 그 사실을 모른 채 오늘을 넘겼다면 준비해 놨던 것들을 꽤 많이 날려야 했을 테니까.

'내가 마을을 돌아다니며 뿌린 돈이 얼만데.'

물론 추지훈은 더 이상 특공여단을 도울 생각이 사라졌다.

하지만 그래도 조심해서 나쁠 건 없었기에 최대한 말을 아끼기로 했다.

다만 추지훈의 답답함이 좀 더 늘어 갈 뿐.

추지훈의 입 안이 쓰다.

＊

다음 날 밤.

전날 새까만 옷을 입은 사람이 등장했다는 보고 이후 특별한 사건은 없었다.

어제처럼 정찰조도 없이 다시 밤이 찾아왔고 오늘도 또 하나의 제보가 들어왔다.

이번에는 도로를 걸어 다니는 사람을 봤다는 것.

훈련 지역으로 설정한 이곳 근방에는 모두 농가였기에 이 시간에 돌아다니는 사람은 모두 거수자로 의심할 만했다.

그래서 고종민을 출동시켰으나 이번에도 그는 빈손으로 돌아왔다.

"이번에도 없던데?"

"그래도 일단 대기해 보시죠. 괜히 거짓말할 분들은 아니니까."

마을 주민들이 심심해서 그런 정보를 줬을 리는 없을 것이다.

그래서 곧장 진지에 무전을 날렸다.

장시간 경계를 서는 중이니 혹시 모를 빈틈을 보강하라는 의미에서.

그와 동시에 대한은 김현용의 차에서 들고 온 무전기를 켰다.

그러자 얼마 뒤, 소리를 최대한 낮춘 특공여단의 무전기에서 침투조의 무전이 들리기 시작했다.

-검문소 확인. 이상.

이것 봐라?

그새 검문소를 훑었어?

함께 무전을 들은 고종민이 주변을 살피려 하자 대한이 그를 말렸다.

"주변에서 지켜보고 있을 수도 있습니다. 모른 척 가만히 계십쇼."

홍택수는 공병단이 자신들의 무전을 쓰고 있다는 사실을 모른다.

대한도 김현용의 무전기를 획득한 후에야 추지훈에게 사용 가능 여부를 물었으니까.

그래서 아직까지 무전기 채널이 살아 있는 것이다.

'어떻게 얻은 정보 수단인데 쉽게 날려 먹을 순 없지.'

그때, 무전기에서 다른 목소리가 들렸다.

-기동타격대 인원 검문소 복귀. 이상.

이 자식들 봐라?

하나가 아니라 둘이었나 보네?

그게 아닌 이상 검문소와 기동타격대의 복귀 사실을 한 번에 알 수는 없을 테니까.

그래서인지 우수수 소름이 돋았다.

'그래도 특공은 특공이네.'

대한은 바짝 긴장하기 시작했다.

훈련 시간이 얼마 남지 않은 이때, 단 한 번이라도 침투를 허용하게 되면 그야말로 모든 게 말짱 도루묵이었으니까.

한동안 무전이 들리지 않자 대한이 그제야 고종민에게 말했다.

"다시 차량 대기하시면 될 것 같습니다. 그냥 정찰인 것 같은데 여기 계신다고 막을 수 있는 건 아닌 것 같습니다."

"아쉽다. 뭔가 잡을 수 있을 것 같은데 계속 놓치네."

"침투조 잡는 게 저희 주목적은 아니지 않습니까. 아쉬워하지 마십쇼."

고종민이 대한에게 핫팩을 건네주고 지휘소 쪽으로 돌아가려는 그때, 다시 한번 무전기가 울렸다.

-대화 소리 들린…… 어?

무전기가 울리더니 이내 소리가 끊겼다.

통신이 끊긴 게 아니다.

뭔가 이상함을 감지하고 갑자기 말을 멈춘 것이다.

그 행동에 대한의 눈이 커졌다.

'이 자식들 무전기 소리를 들었네!'

확실했다.

대한이 가지고 있는 무전기에서 송출되는 자신의 목소리를 듣고 말하는 것을 멈춘 것이다.

대한은 서둘러 주변을 확인했다.

하지만 주변에는 아무것도 보이지 않았다.

고종민도 무전에서 흘러나온 소리가 심상치 않았는지 차에서 내려 주변을 살폈다.

"근처에 있는 것 같지? 좀 전에 우리 무전기 소리 듣고 당황한 것 같고?"

"그런 것 같습니다. 분명 무전기 소리를 듣고 놀란 뉘앙스였습니다."

근데 아무리 주변을 둘러봐도 거수자가 보이지 않는다.

게다가 지금 검문소에 있는 병력만 몇 명인데 여길 대놓고 들어 와?

대한이 인상을 찌푸리며 생각했다.

'지하에 숨어서 오는 것도 아니고…….'

잠깐.

지하?

대한은 검문소를 설치한 도로 옆에 있는 저수지로 다가갔다.

영천이 강원도처럼 미친 듯이 춥지 않았기에 저수지는 얼어 있지 않았다.

대한은 수면을 가만히 쳐다보았고 뒤따라온 고종민도 대한을 따라 수면을 바라보다 말했다.

"설마 여기로 왔겠어?"

"모르는 일입니다. 만약 여기가 얼어 있었으면 이쪽에도 경계를 세웠을 겁니다."

쉽게 건널 수 있는 거리가 아니었기에 그냥 무시하고 있는 곳이었는데 무전까지 들은 이상 그냥 방치하고 있을 수만은 없었다.

그렇게 저수지를 쳐다보길 얼마간, 대한도 너무 오버했나 싶어 돌아가려는 그때, 수면 위로 사람 머리 하나가 떠올랐다.

그 광경에 고종민이 놀라며 소리쳤다.

"어, 어! 저기!"

잘못 본 게 아니었다.

그들이 본 건 사람 머리가 맞았다.

그것도 잠수복을 입고 있는!

그것을 본 대한이 진심으로 감탄하며 말했다.

"하마터면 침투 허용할 뻔했습니다. 얼른 올라오십쇼."

그러자 잠수복을 입고 있던 침투조가 욕을 내뱉었다.

"하, 시이발…… 그놈의 무전 소리 때문에…….."

"그냥 침투하면 되지 뭐 하러 무전을 쳤습니까?"

"······제가 그걸 왜 말씀드립니까."

침투조는 대한에게 눈으로 욕하며 저수지에서 올라왔다.

대한은 침투조의 짐이 없다는 걸 확인하고는 이들의 작전을 예상해 보았다.

"잠수복으로 여기까지 왔을 리는 없을 테고······ 마지막 무전을 하면 대기하던 인원이 저희를 유인하려고 했는가 봅니다."

"······무전 계속 듣고 있었습니까? 아닌데? 무전으로 이야기한 게 아닌 것 같은데?"

대한의 말에 침투조가 놀란 표정을 짓는다.

그 모습에 대한은 애써 여유로운 척 웃어넘겼지만 실은 아직도 놀란 가슴을 진정시키는 중이었다.

'심장 떨어지는 줄 알았네. 진짜 거기서 튀어나오냐.'

그래도 참 다행이었다.

어쨌든 잠수부까지 막아 냈으니 이젠 특공여단이 이길 일말의 가능성조차 사라졌으니까.

대한이 붙잡은 침투조에게 웃으며 말했다.

"같이 온 인원한테 옷이나 가져다 달라고 하십쇼. 그 인원은 안 잡고 곱게 보내 드리겠습니다."

"하, 이상한 소리 하시네."

"진짭니다."

"제가 그걸 어떻게 믿습니까. 됐습니다. 그냥 이렇게 있겠습니다."

"허허, 예, 뭐, 알겠습니다. 하지만 저희가 드릴 수 있는 건 앞치마 하나뿐이니까 잘 생각하셔야 할 겁니다."

식당 노역을 시킨다더니 정말이었어?

침투조는 대한의 말에 앞치마를 입은 본인의 모습을 상상하고는 미간을 찌푸렸다.

"……평가관님 어디 계십니까."

잠시 후, 침투조의 요청으로 나타난 추지훈이 잠수복을 입고 있는 침투조를 보고 혀를 내둘렀다.

그리고 대한의 약속을 직접 보증해 주며 그에게 옷을 약속해 주었다.

아무리 그래도 잠수복만 입고 있는 건 너무했으니까.

✳

소식은 홍택수에게 전달되었고 무전기 때문에 실패했다는 말을 듣자마자 홍택수가 마른세수를 했다.

"하, 무전기라니. 내가 이런 방심을 다 하다니……."

무전기 소리 때문에 들키다니.

전혀 예상치도 못했던 것 때문에 실패를 하자 이젠 어떻게 뚫어야 할지 감도 오지 않았다.

그때, 옆에 있던 평가관이 눈에 들어왔고 미심쩍은 눈으로 물었다.

"어떻게 생각하나?"

"예? 제 생각 말씀이십니까?"

"그래, 자넨 어떻게 하면 뚫을 수 있을 거라 생각하는데?"

"하하, 저는 그냥 평가관이라 여단장님께 뭐라 말씀드릴 게 없습니다."

평가관이 질문을 피하자 홍택수가 말했다.

"기습도 안 돼. 정석적인 침투도 안 돼. 이젠 하다하다 수중 침투까지 막히네. 이거 뭔가 이상하다고 생각되지 않나?"

"……무엇을 말씀이십니까?"

"내 말은 내부에 스파이가 있지 않는 이상 어떻게 이렇게 번번이 막힐 수가 있냐는 거지."

"……설마 절 의심하시는 겁니까? 오해십니다. 여단장님."

"휴대폰 내놔."

평가관은 곧바로 휴대폰을 꺼내 홍택수에게 건넸다.

"저 진짜 아닙니다. 억울합니다. 여단장님."

"……진짜 아니야?"

"예, 전 소장님 연락만 전달해 드렸지 따로 먼저 연락드린 적도 없습니다."

휴대폰을 확인해 보니 사실이었다.

그래서 머릿속이 더 복잡해졌다.

차라리 평가관이 스파이로 활동했다면 자신감이라도 안 꺾

일 텐데 평가관의 휴대폰이나 태도를 보아하니 그런 것 같지도 않았다.

홍택수가 평가관의 휴대폰을 다시 돌려주며 자신의 관자놀이를 눌렀다.

"이렇게 된 이상 정공법으로 부딪혀야 하나……."

이제 홍택수에게 남은 방법은 딱 하나.

차단선을 직접 뚫는 방법밖에 남지 않았다.

하지만 이마저도 문제다.

진지 위치를 몰랐기 때문이다.

'이미 포로로 너무 많은 인원들이 잡혀 있어.'

이젠 정말 실패 없이 뚫어 내야 했다.

사실 침투를 성공한다 해도 잘했다는 칭찬은 기대할 수가 없었다.

그래서일까?

갑자기 이번 내기에 대한 후회가 밀려들었다.

'이건 시작했으면 안 되는 대결이었어.'

그러나 후회한들 이미 늦었다.

물은 엎질러졌으니까.

이내 마음을 추스른 홍택수가 누군가를 호출했고 얼마 뒤 중위 하나가 지휘 통제실로 들어왔다.

"충성!"

"어, 현일이 왔냐. 앉아라."

"예, 여단장님."

우현일 중위.

육사 차석 졸업생으로 홍택수가 여단에서 가장 아끼는 인물이었다.

공병단에 대한이 있다면 여단에는 우현일이 있었다.

우현일이 자리에 앉으며 홍택수에게 말했다.

"다 실패했습니까?"

"그렇게 됐어. 이번에는 성공할 줄 알았는데 무전 때문에 걸렸다고 하더라."

"그냥 저를 제일 먼저 보내 주시지 그러셨습니까."

우현일은 홍택수에게 이번 훈련을 듣자마자 본인이 제일 먼저 가겠다고 말을 했었다.

하지만 홍택수가 판단하기에 이번 작전에 굳이 우현일까지 투입시킬 필요는 없다고 생각돼 일부러 넣지 않았다.

하지만 결과는 전부 실패.

홍택수가 한숨을 내쉬며 말했다.

"그냥 그럴 걸 그랬다. 첫 타로 널 보냈으면 진작에 끝났을 수도 있었을 텐데."

그 말에 우현일이 시간을 확인하며 말했다.

"지도는 이미 숙지했으니 지금 바로 보내 주십쇼."

"지금 바로? 그래도 너무 급한 거 아냐?"

"준비는 시작할 때부터 완료되어 있었습니다."

"……그래? 좋아, 그럼 너만 믿겠다. 근처까지 바로 이동도 시켜 주마."

이제 쓸 수 있는 패가 별로 없다.

그래서 비장의 카드라 생각되는 우현일을 투입시키기로 한 것.

게다가 어쩌면 지금이 절호의 기회일지도 모른다는 생각이 들었다.

그도 그럴 게 수중으로 침투하던 인원을 찾아낸 직후였으니 지금쯤 공병단 분위기는 몹시 들떠 있을 테니까.

이런 상황에 본인이 믿어 의심치 않는 우현일을 투입시킨다면 반드시 차단선을 뚫어 낼 터.

홍택수가 비장한 표정으로 우현일을 출격시킨다.

Chapter 3

한편, 추지훈은 검문소에 서서 저수지를 바라보며 속으로 감탄하는 중이었다.

'이걸 어떻게 발견했을까?'

가로등이 저수지를 비추지 않았기에 저수지는 암흑 그 자체였다.

소리를 들었다고 하지만 그 소리의 방향이 저수지 쪽이라는 생각을 할 수 있을까?

'보면 볼수록 신기한 놈이란 말이야.'

홍택수에게 몰래 정보를 전달한 걸 걸린 이후로 대한을 아군이라고 생각했다.

그러고 나니 새삼 대한이 더욱 더 대단하게 느껴졌다.

추지훈이 대한에게 다가가 물었다.

"너, 저기서 나온다는 걸 어떻게 확신한 거냐?"

"귀신이 아니고서야 저기밖에 없지 않습니까?"

"그래……? 판단력이 좋구나."

"소장님도 같이 계셨으면 저수지 쪽이라고 생각하셨을 겁니다."

"글쎄다…… 그나저나 방금 뭘 지시한 거냐?"

"아, 경계를 더 철저히 하라고 했습니다."

추지훈은 시원하게 설명해 주지 않는 대한에게 답답함을 표했다.

"아니, 그건 알겠는데 왜 쟤들이 산으로 들어가냐고."

"……휴대폰 쓰시면 안 됩니다."

"이제 안 그러니까 그냥 시원하게 이야기 해라. 휴대폰도 진작에 두고 왔으니까."

추지훈이 전투복 주머니들을 두드리며 휴대폰이 없다는 걸 알려 주었고 대한은 그제야 고개를 끄덕인 뒤 설명을 시작했다.

"특공여단이 똑같은 방법으로 침투 시도를 안 한다면 이제 남은 건 차단선을 직접 돌파하는 것뿐입니다."

"그렇겠지. 그래서?"

"그래서 경계 강화를 목표로 기존 차단선보다 더 전방에 작은 차단선을 임시로 운용하기 위해 좀 전의 인원들을 올려 보낸 겁니다."

"근데 걔들 기동타격대 인원들 아니냐?"

"예, 그렇습니다."

"그럼 그동안 기동타격대는 운용 안 하고?"

"저기 임무 없는 두 분이 있지 않습니까."

대한은 뒤에서 코코아를 홀짝이고 있는 이원영과 박희재를 가리켰다.

추지훈은 두 사람을 보고 고개를 끄덕였다.

"마침 딱 맞는 적임자들이 있었네. 그런데 왜 하필이면 지금 차단선을 하나 더 운용하려는 거냐? 시간도 새벽 2시가 넘어가고 있는데? 나중에 해도 되잖아?"

"시간문제가 아니라 상황이 문제입니다."

"지금이 무슨 상황인데?"

"저희가 승리감에 도취해 있을 법한 상황이지 않습니까. 제가 여단 쪽 사람이면 이때 침투를 한 번 더 시도해 볼 것 같습니다."

등잔 밑이 어둡다고 항상 방심하고 있을 때를 조심해야 한다.

뼈에 새긴 교훈이었다.

대한은 전생에 이런 상황을 한번 경험해 본 적이 있었으니까.

'차단선에서 하나를 잡고 처리하는 과정에 바로 뚫려 버렸었지.'

그 당시에는 침투 인원이 지나간 줄도 몰랐다.

갑자기 훈련이 종료되고 그 당시 대대장이 화를 내는 걸 보고서야 침투를 허용했다는 걸 알았으니까.

그렇기에 대한은 같은 실수를 반복하고 싶지 않았다.

추지훈이 감탄하며 말했다.

"이야…… 너는 이런 훈련을 수도 없이 해 본 놈 같다? 아니, 그냥 실전을 경험해 봤다고 해도 믿겠어."

그래서일까?

뒤에서 코코아를 홀짝이는 이원영에게도 말했다.

"이 대령, 자네가 놀고 있는 이유가 다 있었구만?"

"하하, 놀고 있다뇨 선배님. 작전 회의 중이었습니다."

"김 소위한테 다 들었는데 무슨. 작전 회의할 필요도 없이 소위 혼자 작전참모, 정보참모 다 하고 있던데?"

그 말에 이원영이 대한을 기특하다는 듯 보며 웃었다.

"센스가 엄청난 놈입니다. 저나 대대장이나 요즘 이놈 덕분에 호강 중입니다."

"그래 보이네. 그나저나 택수가 큰일이구만. 이대로 훈련이 끝나면 뒷감당 못 할 텐데……."

"저한테 그런 말씀하셔도 어떻게 해 드릴 수가 없습니다. 대한이가 절대 안 봐줄 겁니다."

"봐주라고 한 말 아니다. 가벼운 마음으로 왔는데 무거운 마음으로 돌아갈 것 같으니까 하는 말이지. 김 소위는 신경 쓰지 마라."

그 말에 대한이 얼른 대답했다.

"예. 신경 안 쓰겠습니다."

"그, 그래."

대한의 빠르고 단호한 대답에 추지훈은 여전히 적응되지 않는다는 듯 속으로 고개를 내젓는다.

그로부터 얼마 뒤, 전방으로 정찰을 보냈던 검문소 인원이 돌아와 대한에게 보고했다.

"차 한 대 지나가는 걸 확인했고 다른 특이 사항은 없습니다."

이 시간에 이 동네를 돌아다니는 차라.

의심은 갔지만 검문소에 오지 않는 이상 확인할 방법은 없다.

"고생했다. 오는 길에 산도 확인했지?"

"예, 그렇습니다."

정찰 나간 인원들이 빈손으로 돌아왔지만 그래도 긴장을 늦출 수는 없었다.

대한이 무전기로 고종민을 호출했다.

"각자 위치 잡았는지 보고 바람."

─병력들 위치 잡아 주고 은엄폐 완료했다고 알림.

"현 시간 부 무전 종료하고 07시에 상황 종료하고 내려오기 바람. 이상."

─수신 완료.

혹시 모를 불상사를 막기 위해 무전기도 아예 꺼 버렸다.

중간중간 들리는 무전기 소리 때문에 진지나 침투 인원들이 발각되는 건 꽤나 흔히 있는 일이었으니까.

대한은 검문소에서 전방의 도로를 유심히 살펴보기 시작했다.

✳

그 시각, 우현일은 정찰병들이 봤던 차량에서 내려 산에서 은밀히 기동하는 중이었다.

'바보들도 아니고 공병단한테 다 잡히고 난리야.'

우현일은 여단의 전우들이 작전에 실패했다는 소리를 들을 때마다 답답했다.

같이한 훈련이 몇 갠데 이런 쉬운 훈련을 실패한다는 것을 그로썬 도무지 이해할 수가 없었기 때문이다.

그도 그럴 것이 우현일은 한 치 앞도 안 보이는 야산을 야간 투시경을 이용해 낮처럼 빠르게 이동 중이었으니까.

'주어진 물자를 활용할 생각은 왜 못하는 거야?'

물자를 활용하지 말라고 제한이 걸려 있는 것도 아니었기에 이 좋은 장비를 활용하지 않을 이유가 없었다.

잠시 후, 도로 쪽에 도착한 우현일이 주변을 확인했다.

차단선의 위치를 정확히 알진 못했지만 검문소를 기준으로 뒤편에 위치해 있을 터.

검문소 근처까지 온 우현일이 속도를 늦추고 자세를 낮췄다.

이대로 강행 돌파를 위해서였다.

과감한 결정처럼 보였지만 나름의 근거는 있었다.

현재 시간이면 진지에서 전방 경계를 하는 인원들 중 정신이 멀쩡한 사람은 없을 거라고 생각했으니까.

'하루 종일 경계 서고 날씨도 춥고…… 졸기 딱 좋은 시간대지.'

그렇게 나무 뒤를 숨어 가며 천천히 전진했고 검문소와 동일 선상에 놓이던 그때.

바스락.

땅이 아닌 무언가를 밟고 미끄러졌다.

깜짝 놀란 나머지 육성이 튀어나올 뻔했으나 가까스로 침묵을 유지한 채 균형을 잡았다.

그리고 묵은 숨을 토해 낸 뒤 다시 전진하려고 했다.

그런데 뭔가가 발목을 잡았다.

놀라서 바닥으로 시선을 돌리자 낙엽에 파묻혀 있던 고종민이 미소를 지으며 우현일을 바라보고 있었다.

"어디 좋은데 가시나 봐?"

고종민의 목소리를 들은 우현일의 눈이 접시만큼 커졌다.

동시에 귀신이라도 본 것처럼 허둥대기 시작했다.

"으, 으아아아!!"

"악! 악! 잠깐!"

갑자기 바닥에서 튀어나온 고종민은 우현일 입장에선 공포 그 자체였다.

마치 귀신이라도 본듯, 우현일은 고종민을 전투화로 짓밟기 시작했고 주변에 숨어 있던 기동타격대 인원들이 나타나고 나서야 우현일을 발길질을 멈출 수 있었다.

그제야 상황 파악이 되었기 때문이다.

발길질을 멈춘 우현일이 다리에 힘이 풀린 듯 묵은 숨을 토해 내며 말했다.

"하아, 씨. 놀래라. 난 또 누구라고……."

"그렇다고 사람을 전투화로 밟아?"

"그, 그러게 누가 그렇게 귀신처럼 말하래?"

고종민은 우현일을 노려보며 전투복에 묻은 흙을 털어 냈다.

그리고 무전기를 켜 대한을 호출했다.

"아아, 거수자 제압 완료. 검문소로 복귀하겠음. 이상."

고종민의 무전을 들은 검문소 인원들은 다들 대한을 놀란 눈으로 쳐다봤다.

특히 추지훈이 가장 놀랐다.

"너 뭐 예지 능력 있는 거 아니지?"

"하하, 그런 능력이 있었으면 군인 말고 다른 일을 하고 있지 않았겠습니까?"

추지훈이 대한을 보며 감탄하는 것도 잠시, 고종민이 우현일을 데리고 산에서 내려왔다.

대한은 고종민을 기특하게 쳐다봤다.

그런데 고종민이 가로등 아래 서자 어둠 속에 가려져 있던 자잘한 상처들이 드러났다.

우현일에 의해 생긴 상처들이었다.

그것을 본 대한이 깜짝 놀라며 말했다.

"어, 선배님. 다치셨습니까? 코피도 나시는 것 같은데 괜찮으십니까?"

그 말에 고종민이 얼른 코 아래를 닦아 보았고 이내 붉은 피가 묻어 나오는 걸 확인하자마자 우현일을 죽일 듯이 노려봤다.

"아나, 코피까지 이 개새가……."

그때, 박희재가 고종민의 반응을 듣고 인상을 찌푸렸다.

"뭐야, 얘가 그렇게 만들었어?"

"예, 뭐, 그렇게 됐습니다."

"도대체 저 위에서 무슨 일이 있었길래 코피까지 나? 어이, 포로. 네가 한번 말해 봐."

우현일은 박희재의 물음에 조용히 한숨을 내쉬고는 조금 전의 상황을 설명했다.

이윽고 상황 파악을 마친 박희재가 고개를 끄덕이며 물었다.

"결론은 네가 우리 인사과장 얼굴을 이렇게 만들었다는 거 아냐?"

"그렇긴 합니다만…… 그런데 고의로 그런 건 절대로 아닙니다. 야간이기도 했고 상황이 상황인지라 정말로 귀신인 줄 알았습니다."

"아니 근데 이 새끼가 끝까지 변명질이네? 야, 아무리 그래도 군인이 좀 놀랐겠거니 우리 애 얼굴을 이따위로 만들고 넌 뭐가 그리 당당해?"

"제 말은 그게 아니라……."

"아니 근데 이 새끼가 끝까지! 그냥 너도 이리 와라, 너도 똑같이 만들어 줄 테니까."

분노한 박희재가 우현일에게 진짜로 다가가려 하자 놀란 대한이 얼른 박희재를 붙잡았다.

그런 다음 이원영에게 도움을 청했다.

"다, 단장님. 도와주십쇼!"

"왜? 저런 놈은 똑같이 당해 봐야지. 너희 대대장도 놀라서 그러는 거니까 그냥 놔 줘라."

그 말에 대한의 표정이 썩어 들어간다.

저 양반은 묵인할 게 따로 있지 소장도 보고 있는데 저러냐.

그런데 박희재는 진심이었는지 정말로 우현일을 때리려고 했고 그 모습을 본 고종민이 도리어 당황하며 박희재를 말렸다.

"대, 대대장님. 그만하십쇼. 전 진짜 괜찮습니다."

"비켜, 넌 코피나 막고 와."

고종민이 개입해도 말려지지가 않는다.

　이 정도면 고종민은 핑계고 그냥 우현일을 때리고 싶은 거 아냐?

　심지어 추지훈도 싱글벙글 웃으며 그런 박희재를 가만히 보고만 있었다.

　그래서일까?

　추지훈도 가만히 있자 우현일은 그제야 자신이 정말로 맞을 수도 있겠다는 생각이 들어 얼른 고개를 숙였다.

　"죄, 죄송합니다!"

　"사과가 이제 나와? 늦었어, 이 자식아. 너 아직 우리 애한테 사과도 안 했지?"

　"그, 그게……!"

　"이 싸가지 없는 새끼, 넌 처음부터 다시 교육받아야 해. 이리 와! 안 와?"

　박희재와 우현일의 거리가 한두 걸음 사이로 좁혀지자 추지훈이 그제야 웃으며 박희재를 말렸다.

　"큭큭, 말리는 애 봐서라도 대대장이 좀 참게."

　"애 얼굴을 이 지경으로 만들었는데 어떻게 참을 수가 있겠습니까! 대한아 안 그러냐?"

　추지훈의 개입에 박희재가 얼른 반박한다.

　하지만 정말로 추지훈에게 대들 생각은 없었다.

　그래서 얼른 대한만 볼 수 있게 조용히 윙크를 날렸다.

그 모습을 본 대한은 그제야 박희재의 의도를 알아챘다.

그럼 그렇지. 이 양반이 갑자기 왜 이러나 했더니 뭔가 원하는 게 있어서 액션 까는 거였네.

그렇기에 대한도 얼른 장단을 맞춰 주기로 했다.

"대대장님 참으십쇼. 아무리 그래도 이러시면 일이 커집니다."

"일이 커지면 뭐? 나 곧 퇴직하는 거 모르냐?"

"그래도 남은 사람들이 곤란해지지 않겠습니까, 그러지 마시고 차라리 합의금을 제대로 받아 놓겠습니다."

"합의금?"

그 말에 박희재가 그제야 몸에 힘을 빼며 우현일을 보았다.

합의금.

생각지도 못한 단어다.

하지만 제법 괜찮은 아이디어라는 생각이 든다.

합의금이라는 말에 박희재가 그제야 몸에 힘을 풀고 우현일에게 되물었다.

"야, 너 관등성명 대 봐."

"중위 우현일!"

"그래 합의금 좋다. 멀쩡한 사람을 이리 패 놨으니 법대로 처리하면 되겠어."

그 말에 우현일의 얼굴이 사색이 됐다.

합의금 액수는 둘째 치고 다른 사람도 아니고 중령급 이상이

낀 소송이면 아무리 자신이 육사를 나왔다고 한들 유야무야 일을 덮긴 어려울 테니까.

그때, 대한이 눈치껏 얼른 끼어들었다.

"대대장님, 아무리 그래도 진짜 돈으로 받기에는 좀 그렇지 않겠습니까?"

"그럼 뭘로 받냐? 합의금 말고 뭐 또 있어?"

대한은 대답 대신 우현일에게 다가가 손에 쥐고 있던 야간투시경을 뺏어 들었다. 그리고 우현일에게 말했다.

"부대에는 작전 중에 잃어버렸다고 하십쇼."

"무, 뭐?"

"싫으십니까? 그럼 정말로 군복 벗을 각오하셔야 될 겁니다. 저흰 변호사 써서 고소하면 되니까 말입니다. 참고로 저희 돈도 많습니다."

그 말에 우현일은 당황을 금치 못했다.

야간투시경을 뺏어 간 것도 황당한데 육사 출신인 자신한테 군복 벗을 각오를 하라니?

게다가 돈 많다는 말에 함부로 반박할 수가 없었다.

그도 그럴 게 김현용이 포르쉐에 추월당해 잡혔다는 소식을 들었으니까.

우현일이 아무런 대답도 못 하자 박희재가 그제야 낄낄 웃었다.

"야투경 정도면 뭐…… 인사과장 덕분에 우리 부대에도 야간투시경이 생겼네?"

"야투경 정도면 인사과장의 군 생활에 많은 도움이 되지 않겠습니까."

"그래, 좋은 생각이다. 이 정도면 합의금으로 충분해. 넌 부대 돌아가서 지휘관한테 혼나며 정신 좀 차려라. 나한테 직접 교육 당하는 거보단 그게 백배는 더 나을 테니까."

다른 것도 아니고 야간투시경을 잃어버린데다가 침투까지 실패했으니 깨져도 엄청 깨질 것이다.

심지어 같이 있는 소장도 낄낄 웃고만 있으니 더더욱 반박할 수가 없었다.

상황이 좋게 여물어 가자 대한이 결과를 굳히기 위해 고종민에게 말했다.

"선배님도 좋으시겠습니다. 우 중위님이 미안하다고 이런 걸다 선물로 주시고."

"이게 내 선물이라고?"

"예, 그렇지 않습니까, 우 중위님?"

대한의 물음에 우현일이 얼굴을 구기더니 기어 들어가는 목소리로 겨우 대답했다.

"……그래. 미안하다."

우현일의 사과에 고종민도 그제야 눈치껏 사과를 받아 주었고 싱글벙글 웃기 시작했다.

"좋아, 넓은 마음으로 사과를 받아 주지. 군대 특공이라고 뭐

별거 없네. 귀신 무섭다고 이렇게나 사람을 패다니."

고종민의 말에 자리에 있던 사람들 모두가 깔깔 웃는다.

딱 한 사람.

우현일만 빼고.

일이 좋게 좋게 마무리된 것 같자 대한이 박희재에게 말했다.

"대대장님, 그럼 이 인원 식당에 보내 놓고 야간투시경 2중 대장한테 주고 오겠습니다."

"하하, 그래. 정우진이한테 주면 든든하겠네. 조심해서 다녀오너라."

"예, 금방 다녀오겠습니다."

대한과 우현일이 검문소에서 사라지자 박희재가 그제야 이원영에게 말했다.

"근데 넌 어쩐 일로 안 말리고 구경만 하고 있었냐?"

"할 일 하고 있길래 안 말렸는데, 왜?"

"이야, 너도 나이가 들더니 많이 변했네? 이제야 좀 동기 같구만?"

그 말에 이원영이 피식 웃는다.

추지훈도 두 사람의 대화에 흐뭇하게 웃으며 박희재에게 물었다.

"박 중령, 자네 혹시 사고 쳐서 진급 못 한 건가?"

"아이고 아닙니다. 그냥 능력이 부족해서 진급 못 한 겁니다."

그 말에 이원영이 얼른 끼어들었다.

"아휴, 아닙니다. 이놈은 능력이 없는 게 아니라 그냥 관운이 엄청 없는 놈입니다. 그런 의미에서 중령까지 올라온 것도 대단합니다."

"그래? 근데 공병에 대령 자리가 그렇게 없나? 박 중령 같은 군인이 높은 자리에 가야 군대가 재밌어지는데 말이야."

"그건 너무 끔찍한 일 아닙니까?"

그 말에 박희재가 콧방귀를 끼며 말했다.

"끔찍하다니? 소장님께서 맞는 말씀하셨는데, 왜?"

"네가 앞에 있으니까 그냥 하시는 말씀이지."

두 사람이 티격태격하는 모습에 추지훈이 다시 웃는다. 그러더니 수첩에 박희재의 이름을 적으며 생각했다.

'신기한 친구네, 꽤 괜찮아 보이는 친군데 왜 진급을 못 했을까?'

빈말이 아니라 진심이었다.

작전 개념도 훌륭하고 부하들도 잘 아끼는데 진급을 못 할 이유가 전혀 없어 보였으니까.

물론 위가 좀 없어 보이긴 한다만 맨날 윗사람들 눈치만 보는 애들보단 백배 천배는 나은 듯 했다.

'자리 한번 알아봐야겠네.'

추지훈은 국방부에 공병이 올 수 있는 자리들을 떠올렸다.

대한이 우현일을 데리고 식당으로 이동하던 중이었다.

우현일이 한숨을 한번 내쉬더니 대한에게 물었다.

"김대한 소위라고 했나?"

"예, 말씀하십쇼."

"혹시 잠시만 지휘 통제실에 좀 들릴 수 있을까?"

"왜 그러십니까?"

"여단장님한테 연락 좀 드리려고."

뭐지?

소위라고 만만하게 보는 건가?

어이가 없었다.

지금 본인의 신분을 모르는 건가?

우현일은 최대한 불쌍한 표정을 지어 보였지만 어림도 없었다.

"훈련 지침상 불가능합니다."

그러자 우현일의 표정이 한순간 일그러졌다.

자식이…….

이 와중에 표정 연기를 해?

이래서 적은 믿으면 안 된다.

우현일이 다시 한숨을 내쉬며 말했다.

"그럼 그냥 빨리 안내나 해 줘라."

대한은 대답 대신 얼른 우현일을 병영 식당에 넘겼다.

그런 다음 곧장 정우진이 있는 진지로 향했다.

"정지, 정지. 정지. 움직이면 쏜다. 희재."

"진수."

"누구냐."

"김대한 소위입니다."

"올라와라."

암구어를 공유하는 상황에서 진행하고 있는 훈련이었기에 공병단만의 암구어를 따로 만들어 놓았다.

신원을 확인한 대한이 진지에 올라가자 정우진이 웃으며 말했다.

"좀 전에 대대장님이 화나신 것 같던데, 맞나?"

"들으셨습니까? 하마터면 폭행 사건에 휘말리실 뻔했습니다."

"폭행 사건?"

정우진의 물음에 대한이 자초지종을 알려 주었고 설명이 거의 끝나 갈 때쯤 가지고 온 야간투시경을 정우진에게 건네며 말했다.

"이게 그겁니다."

"참나, 이걸 합의금으로 받아 올 생각을 하다니, 대대장님도 대대장님이지만 너도 참 너다."

"칭찬으로 들어도 되겠습니까?"

"당연히 칭찬이지 그럼. 잘 쓸게. 그럼 조심해서 내려가라."

이로써 정우진에게 야간투시경도 전달 완료.

이제 남은 건 혹시 모를 다른 침투에 대비해 철저하게 경계를 서는 것뿐이었다.

✳

시간이 흐를수록 홍택수의 다크서클이 깊어져만 간다.

연락 와야 될 놈들이 도통 연락이 안 되니 당연한 현상이었다.

그래서일까?

평가관이 안쓰러운 시선으로 홍택수를 보며 말했다.

"아직까지 연락 없는 걸 보면 아무래도 실패한 것 같습니다."

"……그래도 혹시 모르잖아."

"뛰어 갔어도 진작에 도착했을…… 아니, 걸어갔어도 진작에 도착했을 시간입니다. 여단장님, 이제 그만하시고 눈 좀 붙이십쇼. 실패한 게 분명합니다."

"아니야. 현일이가 실패할 리가 없어. 아마 어딘가에 숨어서 기회를 노리고 있겠지. 그나저나 소장님은 연락 없으셔?"

"혹시나 해서 좀 전에 연락드려 봤는데 제 전화도 안 받으십니다."

"그럼 아직 희망이 있다는 거네."

홍택수는 어떻게든 핑크빛 회로를 돌렸다.

하지만 결국 우현일의 연락은 없었고 해가 뜬 후에야 우현일의 실패를 받아들일 수밖에 없었다.

그와 덧붙여 더 이상 특공여단의 침투 시도 또한 발견되지 않았다.

간간히 의심되는 차량들이 있긴 했지만 그게 전부였다.

추지훈이 차단선 진지들을 쭉 한번 둘러보고는 대한에게 말했다.

"낮에 병력들을 재워 둔 보람이 있구만."

"예, 그런 것 같습니다."

"내 군 생활 중에 낮에 미리 재워 두는 부대는 처음이긴 한데…… 그래도 나름 완벽한 판단이었다. 이제 훈련도 거의 끝물인데 16시에 훈련 종료할 테니 끝까지 집중하거라."

"예, 알겠습니다."

무전기 사건 이후, 추지훈은 부끄러움을 무릅쓰고 계속해서 대한과 친해지려고 노력했다.

대한은 그 정도로 매력 있는 놈이었으니까.

대한도 소장의 그런 노력을 알고 어느 순간부터 적당히 마음을 열고 열심히 친분을 쌓았다.

상대는 소장.

어떤 형태로든 친해지면 반드시 도움이 될 수밖에 없을 테니까.

그 과정에서 추지훈도 생각보다 괜찮은 양반이라는 사실을 알게 됐다.

특히 박희재와 닮은 구석이 많았는데 그래서인지 대한과 죽이 참 잘 맞았고 어느 순간부턴 추지훈도 대한을 몹시 탐내기 시작했다.

'국방부에 중위 자리 없냐고 물어봤으면 말 다한 거지, 뭐.'

다들 나를 왜 그렇게 데려가려고 난리인 건지.

물론 기분은 좋았다.

하지만 소위나 중위 시절에는 어디에 있든 크게 상관이 없다.

이때는 그냥 본인을 잘 봐주는 상급자가 있는 것이 가장 좋았으니까.

그렇기에 대한은 오히려 자신보다는 이원영과 박희재를 밀어주고 싶었다.

그편이 장기적으로 봤을 땐 훨씬 더 도움이 될 테니까.

'하지만 둘 다 올 하반기에 보직 이동을 해야 되는데…… 쩝, 그건 좀 아쉽네.'

그때 박희재가 다가와 물었다.

"김대한이, 컨디션은 좀 어때?"

"좋습니다."

"젊어서 그런가? 체력 하나는 팔팔하네. 이래 놓고 훈련 끝나자마자 앓아눕는 거 아냐?"

"하하, 아닙니다. 틈틈이 취침했습니다."

"역시 젊은 게 좋아. 16시에 훈련 종료된다는 것 들었지?"

"예, 조금 전에 전달받았습니다."

"특공여단에서 이렇게 훈련을 끝내지는 않을 거다. 안 그러나?"

"제 생각도 그렇습니다. 게다가 정찰로 의심되는 차량도 끊이지 않고 있는데 아무래도 막판 스퍼트로 큰 거 한 방 올 것 같습니다."

"시킬 거 있으면 말하거라."

웃기는 그림이었다.

한참 상급자가 하급자한테 뭐 시킬 거 없냐고 묻는 모습이라니.

그러나 박희재는 전혀 어색해 하지 않았고 오히려 당연하다는 듯이 물었다.

부하에게도 배울 게 있으면 뭐든지 배우자는 게 박희재의 기본 자세였으니까.

그 말에 대한이 조용히 미소 지으며 대답했다.

"마지막이니 만큼 그냥 저랑 여기서 주변을 잘 지켜 주시면 될 것 같습니다."

"그래? 혹시 또 스포츠카 탈 일은 없냐? 이렇게 끝내기에는 좀 많이 아쉬운데……."

그때 이후로 줄곧 포르쉐 이야기만 하는 걸 보면 잠깐 탔던 스포츠카가 어지간히도 재밌었나 보다.

그때 검문소 쪽으로 웬 대형견 한 마리가 나타났다.

옆에는 주인으로 보이는 사람이 있었는데 차림새를 보니 조깅이라도 나온 듯 보였다.

대형견을 본 박희재가 짐짓 알은체를 하며 말했다.

"저거 셰퍼드네, 옛날에 있던 부대에도 똑같은 놈으로 한 마리 있었는데 나도 나중에 저런 거나 한 마리 키워야겠어."

"저분처럼 조깅하면서 맨날 운동시켜 줘야 할 텐데 힘드시지 않겠습니까?"

"지금 대대장 체력 걱정하는 거냐?"

"편안한 노후를 보내셨으면 하는 부하의 마음입니다."

"큭큭, 나중에 강아지 한 마리 분양받으면 구경이나 오거라."

"예, 알겠습니다."

이윽고 조깅남이 검문소에 들어서자 다들 별 경계 없이 그저 셰퍼드를 보며 미소를 지어 주었다.

대한도 마찬가지였다.

대한은 오히려 박희재를 위해 어디서 개를 구해 올지 떠올리고 있었다.

'귀여운 건 믹스 쪽 애들이 진짜 귀엽지. 이참에 마을 돌아다니면서 혹시 새끼 낳은 곳 있나 한번 봐야겠어.'

지휘관이 가지고 싶어 하는데 부하가 선물 하나 못 해 줄까.

대한이 마을을 돌아다니면서 봤던 개들을 한참 떠올리고 있을 때였다.

'마을에 있는 개들? 근데 생각해 보니까 이쪽 마을에 셰퍼드 기르는 사람이 있었나?'

없었다.

특히 저런 품종견은 단 한 마리도 본 적이 없었다.

있어도 전부 믹스견이나 진돗개였지.

그렇기에 대한은 자기도 모르게 고종민에게 황급히 외쳤다.

"어, 어! 선배님! 저 사람 잡아야 합니다!"

"셰퍼드 주인? 왜?"

"생각해 보니 이 근처에 셰퍼드 키우는 사람이 없습니다!"

그 말에 주변 모두가 놀랐고 고종민이 바로 달려가 셰퍼드 주인을 붙잡아 세웠다.

박희재가 대한에게 재차 확인했다.

"근방에 셰퍼드 키우는 사람 없는 거 확실해?"

"적어도 제 기억에선 못 봤습니다."

"아무리 그래도 그렇지, 네가 마을 개 전부를 꿰고 있는 건 아니잖아?"

"이번 훈련을 위해 마을 수십 바퀴를 돌았습니다. 확실합니다."

"그럼 저 남자가 특공여단 쪽 사람일 수도 있다는 거네?"

"그건 확실치 않지만 확인해서 나쁠 건 없지 않겠습니까?"

그 말에 박희재가 고개를 끄덕였고 이내 곧 셰퍼드 주인이

로또부터
장군까지

셰퍼드와 함께 검문소로 이송되어 왔다.

대한이 셰퍼드 주인에게 물었다.

"죄송합니다. 훈련 중이라 그런데 간단하게 신원 확인만 좀 부탁드리겠습니다."

"보시다시피 조깅 나온 거라 확인시켜 줄 게 없는데?"

남자는 주머니를 꺼내 보이며 정말 아무것도 없다는 걸 확인시켜 주었다.

그때, 대한은 그 남자의 주머니가 아니라 복장에 집중했다.

'모자도 쓰고 얼굴을 다 가리는 마스크도 하고 있다라…….'

날씨가 추우니 이해는 됐다.

하지만 의심하려면 모든 걸 의심할 수 있는 게 현재 상황.

대한이 예의바르게 재차 물었다.

"그럼 혹시 마스크만 잠시 내려 주실 수 있으시겠습니까?"

"……훈련 중인 건 알겠는데 군인이 이래도 되는 겁니까? 사람 놀라게 왜 자꾸 이러십니까?"

남자의 날카로운 반응.

그러나 대한은 물러서지 않았다.

"놀라셨으면 죄송합니다. 그럼 댁이 어디신지만 여쭤봐도 되겠습니까?"

"금호읍에 살고 있습니다. 왜요?"

대한은 조용히 고개를 끄덕였다.

그러고는 잠시 생각에 잠겼다가 이내 남자의 눈을 빤히 쳐다보며 말했다.

"금호읍이라…… 그건 좀 말이 안 맞는 것 같습니다, 여단장님."

대한의 날카로운 질문에 셰퍼드 주인…… 아니, 홍택수의 눈이 지진이라도 난 것처럼 흔들리기 시작했다.

"그게 무슨 말입니까? 여단장이라뇨?"

"자꾸 시치미 떼시면 곤란합니다. 지금 오시는 방향에서 금호읍 쪽으로 가시는 거라면 저희랑 아까 전에 한번 마주쳤어야 하는데 여단장님은 지금 저희와 처음 마주치셨지 않습니까."

그 말에 홍택수가 말을 한번 삼켰으나 쉽게 포기하지 않았다.

"……다른 쪽으로 와서 그렇습니다."

"이론상 가능은 합니다만, 다른 길의 거리가 얼마나 되는지 알고서 하시는 말씀이십니까? 그리고 목소리며 눈빛이며 많이 익숙했습니다. 저희는 구면이지 않습니까."

그 말에 결국 홍택수는 백기를 들 수밖에 없었다.

홍택수가 마스크를 벗으며 말했다.

"제기랄."

그 모습에 대한이 피식 웃으며 예를 갖춘 뒤 얼른 추지훈을 호출했다.

"소장님! 적 지휘관을 잡았는데 이렇게 되면 훈련 종료 아닙니까?"

"적 지휘관? 그럼 당연히 훈련 종료긴 한데…… 아니 근데 그게 무슨 말이야?"

그 말에 놀란 추지훈이 헐레벌떡 다가와 거수자의 얼굴을 확인했다.

그리고 깜짝 놀랐다.

"아니, 넌 또 왜 여기 있어?"

"……충성. 오랜만에 뵙습니다. 선배님."

홍택수가 어색하게 웃으며 추지훈에게 경례한다.

그 모습에 놀라기도 잠시, 추지훈은 이내 홍택수를 한심하다는 듯 쳐다보았다.

"기껏 생각해 낸 아이디어라는 게…… 아니다, 됐다."

아무리 한심해도 다른 사람들이 보는 앞이다.

추지훈이 말을 아끼자 홍택수가 헛기침을 삼켰고 그 사이, 대한이 박희재와 이원영에게 이 사실을 알렸다.

소식을 들은 이원영이 홍택수 앞에 나타났다.

반응은 추지훈과 다를 바 없었다.

보는 눈이 많으니 그저 웃어 보일 뿐, 그 어떤 멘트도 하지 않았다.

그 조용함이 홍택수를 더 비참하게 만들었다.

이원영이 추지훈에게 물었다.

"평가관님, 적 지휘관도 잡혔는데 이제 그만 훈련 종료시켜도 되겠습니까?"

그 말에 추지훈이 힘없이 고개를 끄덕였고 이원영의 턱짓에 대한이 얼른 훈련 종료 사실을 알렸다.

"아아, 전 부대원에게 알린다. 현 시간 부로 훈련 종료. 곧장 막사로 복귀하기 바람. 이상."

16시에 끝난다는 훈련은 12시가 되기도 전에 마무리가 됐다.

홍택수의 과감한 침투 작전 덕분이었다.

이윽고 이원영을 비롯한 추지훈은 홍택수와 따로 남아 이야기를 나누기 위해 부대원들 먼저 막사로 보냈다.

당연히 대한도 먼저 출발했다.

대한은 막사에 복귀하자마자 소대원들부터 살피러 생활관으로 향했다.

대한이 생활관에 나타나자 소대원들이 바로 경례를 올렸다.

"충성! 고생하셨습니다!"

"그래, 고생 많았다. 다친 사람 있냐?"

"없습니다!"

대한은 소대원들 하나하나 살피며 이상이 없는지 직접 확인했다.

추운 곳에서 계속 지냈으니 혹시 동상에 걸릴 수도 있었으니까.

하나 다행스럽게도 특별히 이상이 있는 인원들은 없었다.

'핫팩을 많이 챙겨 준 보람이 있네.'

보급 핫팩으로는 부족할 것 같아 사비를 털어 몇 박스를 사서 나눠 사 주었는데 그게 효과를 본 듯했다.

대한은 관물대에서 짐 정리를 하고 있는 기태준을 향해 물었다.

"태준아, 넌 괜찮냐?"

"일병 기태준. 예, 괜찮습니다!"

이병이었던 기태준이 어느덧 일병이 됐다.

후임이 없어 여전히 막내 노릇을 하고 있긴 했지만 아무리 봐도 기태준은 막내답지 않게 참 듬직했다.

대한이 기태준의 어깨를 두드려 주며 말했다.

"일병이 막내라니. 후방이라 네가 고생이 많다."

"하하, 괜찮습니다. 선임들이 다 잘해 줘서 힘든 거 없습니다."

"그래? 그럼 신병 안 받아도 되겠네?"

"아, ㄱ, 그건 좀……."

"농담이야, 인마. 기대해라, 어쩌면 조만간 네 후임이 들어올지도 모르니까."

그 말에 옥지성이 가장 먼저 반응했다.

"오, 설마 신병 들어옵니까?"

"네가 왜 반가워하냐? 신경도 안 쓸 거면서."

"하핫, 슬슬 말년이라 그런지 심심해서 그렇습니다."

"웃기시네."

대한은 적당히 담소를 나눈 뒤 소대원들을 샤워실로 보낸 후

바로 간부 연구실로 향했다.

그곳에는 이영훈이 대한을 기다리고 있었다.

"여, 김대한이 오랜만이네. 넌 근데 오자마자 중대장부터 안 보고 소대원들부터 보러 가냐?"

"하핫, 그게 소대장이 해야 될 일 아니겠습니까."

"서운하다? 내가 너한테 얼마나 잘해 줬는데."

"하하, 제가 더 잘하겠습니다. 근데…… 중대장님 얼굴이 왜 그러십니까?"

"너 말이 좀 심하다? 얼굴이 왜 그렇냐니?"

"아니 그게 아니고…… 혹시 살 찌셨습니까?"

"흠흠."

그 말에 이영훈이 헛기침을 한다.

아니 근데 진짜 이게 말이 되나?

밖에서 닷새를 지냈으면 밥도 잘 못 먹었을 텐데 어떻게 살이 쩌?

심지어 추워서 살이 더 잘 빠졌을 텐데?

설마 어디 몸이라도 안 좋나?

그때, 황재우가 간부 연구실의 문을 두드렸다.

"들어가도 되겠습니까?"

"어, 들어와."

"충성! 일병 황재우 간부 연구실에 용무 있어 왔습니다. 용무는……."

"어라? 야, 재우야."

"일병 황재우?"

"너 중대장님이랑 같은 진지였지?"

"예, 그렇습니다."

황재우를 본 대한은 조용히 한숨을 내쉬었다.

그도 그럴 게 이영훈만큼이나 황재우도 살이 포동포동하게 올라 있었기 때문이다.

대한이 물었다.

"중대장님도 그렇고 너도 왜 이렇게 살이 올랐냐?"

그 물음에 황재우가 행복한 표정으로 대답했다.

"하하, 중대장님이 먹을 거 많이 챙겨 주셔서 그렇습니다. 그 래서 살이 좀 찐 것 같습니다."

"그래…… 정말 그래 보인다."

빈말이 아니었다.

생각해 보면 따뜻함만 확보되면 가만히 누워 전방만 응시하면 되니 이번 임무는 크게 어려운 게 아니었으니까.

이영훈도 그 사실을 진작에 알고 군장 가득 간식거리들을 챙겨 왔다.

당연히 혼자 먹진 않았다.

먹는 것도 훈련의 일부라며 계속 먹였다.

혼자만 먹기엔 좀 미안했으니까.

그리고 그 결과는 두 사람의 얼굴에 뚜렷이 드러났다.

대한이 고개를 저으며 이영훈에게 말했다.

"후배는 쉬지도 못하고 침투조랑 정찰조들 잡으러 부리나케 뛰어다녔는데 중대장님은 참 편안하게 보내셨나 봅니다."

"흠흠, 덕분에 고맙단 말을 이제 하려던 참이었어. ……그나저나 오늘 바로 집에 가나?"

"일과 끝나는 거 보고 안 피곤하면 가서 쉬다가 오려고 합니다. 왜 그러십니까?"

"숙소에 있을 거면 같이 저녁이나 먹자고 하려고 했지. 훈련하는 내내 삼겹살이랑 치킨이 어찌나 땡기던지."

"중대장님은 이제 그만 드셔도 되지 않습니까?"

"어허, 모르는 소리. 아무튼 아쉽다야."

"에휴, 집은 그럼 내일 가겠습니다. 그냥 같이 드시러 가시죠."

"오! 약속했다, 너? 도망치면 안 돼?"

대한의 약속 승낙에 이영훈의 얼굴이 싱글벙글 변했다.

그때 대한의 휴대폰이 울렸다.

박희재였다.

"충성! 소위 김대한, 전화 받았습니다."

―지금 어디냐?

"중대 간부 연구실입니다."

―단장실로 올라와라.

연락을 받은 대한은 바로 단장실로 튀어갔다. 단장실에는 추지훈이 이원영의 자리에 앉아 있었고 대한은 즉각 경례를 올렸다.

"충성! 고생하셨습니다."

"그래, 너도 고생했다. 일단 앉아라."

왜 불렀을까?

훈련도 끝났으니 격려차 부른 거려나?

하지만 예상과는 달리 단장실의 분위기는 매우 무거웠다.

좀 이상했다.

'분위기가 왜 이래? 힘든 훈련도 끝났고 심지어 이기기까지 했는데 왜 이리 초상집 분위기야?'

대한이 눈치를 보며 자리에 앉자 그제야 추지훈이 한숨을 내쉬며 말했다.

"······이게 소위한테 해야 될 이야기가 맞나 싶긴 하다만, 그래도 완전히 무시할 수는 없어서 너를 불렀다."

아리송한 서두.

그러나 대한은 금세 이해했다.

너무 처참하게 깨진 특공여단 때문에 대한을 부른 것이다.

'침투 시도는 모두 실패했지, 잡힌 포로는 여섯이 넘지······ 심지어 마지막엔 지휘관까지 잡았잖아?'

군에서도 난리가 나겠지만 이 사실이 사회에 알려진다면 그건 그것대로 파장이 매우 클 터.

대한이 고개를 끄덕이자 그 모습을 본 추지훈이 피식 웃으며 물었다.

"너 내가 무슨 소리 하는지는 알아들었냐?"

"예, 어느 정도는 이해했습니다."

"이해했다고? 넌 참 보면 볼수록 신기한 놈이네…… 됐고, 어떻게 이해했는지 한번 말해 봐."

그 물음에 주저 없이 대답했다.

"훈련의 결과가 어떤 파장을 일으킬지 모르겠어서 고민하고 계시는 거 아닙니까?"

그 말에 자리에 있던 모두가 고개를 끄덕였고 추지훈 역시 신기하다는 듯 말했다.

"넌 대위라고 해도 믿겠다. 아니, 대위도 저렇게 생각 안 할 걸?"

그 말에 잠시 속이 뜨끔했다.

따지고 보면 대위를 가장 오래 하긴 했으니까.

추지훈이 말을 이었다.

"……아무튼, 이번 훈련은 사실상 네가 다 했다고 봐도 과언 이 아닌데 이것저것 따지다 보니 네 공을 줄이게 될 것 같아서 이야기나 한번 들어 보려고 불렀다."

그 말에 대한은 숨도 쉬지 않고 바로 대답했다.

"소장님께서 이 훈련의 평가관으로 결과를 군에 알리기에 부담되신다면 편하신 만큼 수정해도 괜찮습니다."

배려 차원에서 한 말이었다.

그러나 추지훈은 조금 다르게 받아들였다.

"지금 날 배려하는 거냐?"

조금 까칠한 반응에 눈치 빠른 대한이 얼른 부정하며 말을 추가했다.

"아닙니다. 제가 뭐라고 감히 소장님을 배려할 수 있겠습니까. 소장님께서 제가 어떤 선택을 하시는지 궁금해하시는 것 같으셔서 제 선택은 신경 쓰지 말라고 말씀드린 겁니다. 소장님께서 하시는 일인데 제 의견이 뭐가 그리 중요하겠습니까."

그 말에 추지훈이 그제야 좁힌 미간을 풀며 목소리 톤을 올렸다.

"그래…… 뭐 그게 틀린 말은 아니다만 그래도 막상 너한테 이런 말을 들으니까 뭔가 체면이 안 서네? 그런 의미에서…… 택수야?"

"……대령 홍택수."

"내가 너희 여단을 봐주는 게 맞다고 생각하냐?"

"그게……."

홍택수의 눈동자가 급격하게 떨렸다.

솔직히 말해서 봐줬으면 했다.

이번 훈련 결과가 모두에게 공개되면 얼마나 망신살을 뻗칠지 짐작도 안 됐으니까.

하물며 망신살뿐이겠는가?

어쩌면 진급길도 막힐 게 분명했다.

공병단에 진 특공여단의 장을 진급시키고 싶어 할 사람은 어느 군에도 없을 테니까.

그래서 쉽게 입을 열지 못했다.

그 모습을 본 추지훈이 고개를 내저었다.

"……넌 자식아. 소위도 나 생각해서 편하게 하라고 하는데 대령씩이나 단 놈이 날 끝까지 곤란하게 해? 넌 진짜 부끄러운 줄 알아라. 결과는 내가 알아서 공문으로 내릴 테니까 그렇게 알고 병영 식당에 있는 너희 부대원들 데리고 꺼져."

추지훈은 대한과 비교되는 홍택수의 모습에 잔뜩 실망했다.

그 말에 홍택수는 무어라 대답하려다 이내 입을 꾹 다물고 자리에서 일어났다. 그리고 추지훈을 향해 조용히 경례를 하고는 단장실에서 나갔다.

이원영은 연거푸 한숨을 내쉬는 추지훈에게 조심스레 담배를 내밀었다.

"한 대 태우시겠습니까?"

"집무실에서 미안하다."

추지훈도 많이 답답했는지 이원영의 담배를 받아 들고 바로 불을 붙였다.

그렇게 담배 하나를 다 태울 동안 침묵하던 추지훈의 시선이 천천히 대한에게로 옮겨진다.

그리고 넌지시 대한의 이름을 불렀다.

"김 소위."

"소위 김대한."

"넌 욕심이 없는 거냐?"

그 말에 대한은 일부러 모르는 척 굴었다.

"죄송합니다. 무슨 말씀을 하시는지 이해하지 못했습니다."

그 말에 추지훈이 미간을 어루만지며 다시 한숨을 내쉬었다.

"……후, 아니다. 내가 너한테 무슨 말을 하는 건지."

사실 추지훈은 대한이 배려를 해 주었으면 하는 마음으로 이 자리에 대한을 호출한 것이었다.

하지만 막상 대한의 입에서 본인의 뜻대로 하겠다는 말을 들으니 미안한 감정이 들었다.

'소장 계급 달고 이제 군 생활 시작한 소위 놈한테 벌써 공을 양보시킬 순 없지 않나.'

만약 대한이 약간의 아쉬움이라도 표했다면 추지훈은 미안하다면서 공을 줄였을 것이다.

그런데 대한의 대답에선 일말의 아쉬움도 느껴지지 않았다.

대신 그가 대한의 눈에서 발견한 건 충성심이었다.

'내 직속 부하도 아닌 놈이 나를 배려하고 있다.'

하급자한테 이런 느낌을 받아 본 게 언제였는지 기억도 나질 않았다.

자신도 마찬가지였다.

계급이 높아질수록 눈치 보는 것만 늘어가던 추지훈에게 대한의 태도는 오랜만에 느끼는 신선함이었다.

그런데 그 신선함이 싫지 않다.

오히려 계속 보고 싶었다.

물론 추지훈의 군 생활이 얼마 남진 않았지만 꼭 군에 있어야만 대한의 군 생활을 볼 수 있는 건 아니었다.

'이런 새파란 후배 한 놈쯤 있는 것도 재밌겠지.'

추지훈이 씩 웃으며 말했다.

"김 소위야, 전부터 궁금했던 건데 넌 내가 편하냐?"

그 말에 대한은 잠시 고민하더니 그의 기분을 읽고 재치 있게 대답했다.

"불편하진 않습니다."

"큭…… 어이, 이원영이."

"예, 선배님."

"넌 내가 편하냐?"

"……저도 불편하진 않습니다."

"소위 입에서 나온 말 그대로 따라 할래?"

"하하, 정말 불편하진 않습니다."

그 말에 추지훈이 쯧 혀를 찼다.

"넌 안 불편해하는 게 정상이지. 근데 네가 소위 때 소장을 봤다면 어땠을 거 같냐?"

"그건…….."

"상상이 안 가지? 그래, 맞아. 소위 때 소장이랑 직접 대면하는 기회가 얼마나 된다고. 안 그러냐?"

"예, 그렇습니다."

"너 부관 한 적 있냐?"

"예전에 중위 시절에 학교장님 모셨습니다."

"그래. 그럼 그때 기억을 한번 떠올려 봐라. 저놈처럼 말할 수 있나."

이원영은 과거의 자신을 떠올렸다.

그렇기에 대답은 당연히 노였다.

이원영이 엷게 웃으며 답했다.

"김 소위처럼 당당하진 못했을 것 같습니다."

"그렇지? 나만 그렇게 생각하나 싶어서 물어봤다. 왜냐면 저렇게까진 못 할 것 같거든."

그 말에 이원영이 슬쩍 추지훈의 눈치를 본다.

혹시라도 저 말이 대한을 혼내는 말인가 싶어서.

그래서 조심스레 물었다.

"혹시 김 소위 때문에 기분 나쁘신 게 있으시면 제가……."

"왜? 따로 교육이라도 시키게?"

그 말에 추지훈이 웃으며 되묻자 이원영은 그제야 추지훈의 의도를 알 수 있었다.

여태 한 말들 전부가 대한에 대한 칭찬이었다는 걸.

그래서 얼른 상황에 맞게 대답했다.

"하하, 제가 따로 교육 시킬 건 없는 놈입니다. 혹시 기분 나쁘신 게 있으셨다면 그건 선배님께서 옛날 군인이라 그런 것 같다고 조심스럽게 말씀드리고 싶습니다."

그 말에 이번에는 대한이 깜짝 놀랐다.

아무리 농담이랍시고 던진 말이었지만 대한의 귀에는 아무리 그래도 위계질서가 뚜렷한 육사 관계에서 네가 옛날 군인이라 그렇다고 쿠사리를 주다니?

물론 농담조인 건 알지만 그래도 대한은 깜짝 놀랄 수밖에 없었다.

그리고 실제로도 놀란 사람은 대한뿐이었다.

이원영의 핀잔 아닌 핀잔에 추지훈이 피식 웃으며 말했다.

"하여튼 육사 후배 놈들은 애살스러운 곳이 없어. 내가 교육시켜 달라고 했냐? 네가 교육 시킬 것처럼 물어봤잖아."

"하하, 혹시나 직접 뭐라 하실까 싶어 미리 한번 막아 봤습니다."

"자식이 군 생활 잘하고 있구만."

육사 출신끼리 통하는 게 있는지 서로 키득거리기 시작했다.

다행이라면 다행이었다.

고래 싸움에 새우등 터질 뻔한 순간이었으니까.

이윽고 이원영을 가볍게 칭찬한 추지훈이 다시 한번 대한을 불렀다.

"김 소위."

"소위 김대한!"

"딱 지금처럼만 군 생활해라. 윗사람 눈치 보지 말고 할 말다 하면서 씩씩하게. 알겠나?"

"예! 알겠습니다!"

"아, 물론 적당한 눈치는 필요하다? 지휘관들이 전부 너희 단장이나 대대장 같은 사람들은 아니니까."

십분 공감할 말이었다.

지금의 상급자들은 정말 좋은 사람들이었기에 대한이 이런 생활을 할 수 있는 것이었으니까.

대한이 고개를 끄덕이며 말했다.

"명심하고 군 생활하겠습니다."

"그래, 내가 너 군 생활하는 거 보고 이상하게 하고 있으면 다시 혼내 주러 오마."

"혼내러 오시는 일 없도록 잘하겠습니다."

"그래, 당연히 그래야지. 그럼 난 슬슬 가 봐야겠다. 정리 잘하고 결과는 다음 주에 공문으로 내려 주마."

추지훈이 자리에서 일어나자 이원영도 얼른 일어나 배웅했다.

"예, 선배님. 5일 동안 고생 많으셨습니다."

"너도 고생 많았다. 일찍 퇴근하냐?"

"병력들 정리되는 대로 일과 마무리하려고 했습니다."

"그래? 흠, 얼마나 걸릴 거 같아?"

그 말에 이원영이 박희재를 쳐다봤고 박희재는 그대로 대한을 쳐다봤다.

병력들과 같이 있다 온 대한이었기에 두 지휘관보다는 대한이 더 잘 알 테니까.

눈치 빠른 대한이 얼른 대답했다.

"현재 병력들 전부 샤워 중이며 10분 전후로 마무리될 것으로 예상됩니다."

"10분이라……."

추지훈은 시계를 확인한 뒤 이원영에게 물었다.

"혹한기도 했는데 앞에서 따뜻한 거나 한 그릇 같이 하지."

"먼길 가셔야 하는 데 괜찮으시겠습니까?"

"오후에 끝난 것도 아니고 점심은 먹고 가야지. 그렇다고 내가 이 나이에 또 비닐밥을 먹을 순 없잖아?"

추지훈도 혹한기 훈련 내내 병력들과 똑같은 비닐밥을 먹었다.

처음엔 어떻게든 숟가락으로 떠먹으려고 했다.

소장의 품위란 게 있었으니까.

하지만 여간 불편한 게 아니라 이내 포기하고 병사들처럼 비닐째로 먹었다.

사흘 차엔 대한의 맛다시도 뺏어 입맛대로 맛있게 비벼 먹었다.

하지만 아무리 맛있게 먹어도 비닐밥은 비닐밥, 이쯤이면 제대로 된 식사가 생각날 법도 하다.

이원영도 추지훈의 심정을 이해하는지 웃으며 답했다.

"그럼 간부들만 바로 퇴근시키고 오겠습니다. 식사는 갈비탕 괜찮으십니까?"

"좋지, 후배한테 밥 한 끼는 사 주고 올라가야지. 박 중령도 같이 가지?"

"예, 알겠습니다. 저도 간부들 퇴근만 시키고 바로 오겠습니다."

"그러지 말고 자넨 나랑 담배나 피우고 있지 그래? 옆에 일 잘하는 놈 있잖아."

추지훈이 턱으로 대한을 가리켰고 박희재가 피식 웃고는 대한을 바라봤다.

"하하, 알겠습니다. 대한아, 들었지?"

"예. 정작과장한테 말해서 얼른 간부들 퇴근 시키겠습니다."

"역시 일머리가 있어. 김 소위 때문에 박 중령은 군 생활이 편하겠구만?"

"예, 대한이가 항상 대충 말해도 찰떡 같이 알아들어 줘서 얼마나 편한지 모릅니다. 조금 과장 보태서 여태 이런 부하들만 만났으면 전 아마 진작에 진급하고도 남았을 겁니다."

"허허, 지금도 늦은 건 아니잖아?"

그 말에 박희재가 웃으며 고개를 저었다.

"아휴, 아닙니다. 제 짬에 희망 품으면 열심히 하는 부하들만 고생입니다."

"쯧쯧, 사람이 저렇게 욕심이 없어서야…… 자네가 왜 아직도 진급 못 하고 있는지 알겠네."

"하하, 부하들 핑계대긴 했지만 결국엔 제 능력이 부족한 탓 아니겠습니까."

"내가 다 봤는데 겸손은…… 무튼 원영이는 간부들 퇴근시키고 오고 김 소위는 내려가서 대대 간부들 퇴근시키고 대대장한테 보고해라."

"예! 바로 보고드리겠습니다!"

대한은 서둘러 단장실에서 나와 대대 정작과로 향했다.

여진수는 훈련 내내 지휘 통제실과 지휘소를 왔다 갔다 하며 행정 업무에 시달리는 중이었다.

원래라면 훈련에만 집중했겠지만 무려 상급부대…… 그것도 국방부가 관심 갖는 훈련이었으니까.

전 간부가 휴대폰을 사용하지 않았기 때문에 휴대폰으로 갈 연락들이 모조리 지휘 통제실로 왔다.

그랬기에 여진수는 차라리 훈련에 직접 참여하고 싶을 정도로 많은 전화를 받았고 그 결과 녹초가 되었다.

오랜만에 여진수를 본 대한이 경례하며 넉살을 풀었다.

"충성! 과장님, 그새 많이 늙으신 것 같습니다?"

농담처럼 던진 말이었지만 진짜로 좀 늙은 듯 보였다.

그만큼 고생을 많이 했다는 말일 테지.

여진수가 한숨을 푹 내쉬며 말했다.

"내 살다 살다 이렇게 연락 많이 받은 훈련은 또 처음이다."

"그래도 따뜻한 곳에 계셨지 않습니까?"

"몸만 따뜻하면 뭐 하냐? 정신이 추웠는데. 이번에 내가 전화 받은 계급 중에 제일 낮은 계급이 대령이었다. 식은땀이 얼마나 나던지, 다음에는 네가 지휘 통제실 지켜라. 훈련은 내가 할 테니까."

"하핫, 제 짬에 무슨…… 그보다 대대장님께서 간부들 바로 퇴근시키라고 하셨습니다. 과장님께서 연락 한번 해 주시면 될 것 같습니다."

"그래? 대대장님 안 내려오시는 거야?"

"예, 소장님이랑 바로 나가실 것 같습니다."

"그렇구만."

여진수가 그 말과 함께 마이크를 잡았다.

"아아, 지휘 통제실에서 전파합니다. 현 시간 부 일과 종료. 다시 한번 전파합니다. 현 시간 부 일과 종료. 훈련하느라 고생 많았고 주말 간 무제한 티비 연등은 물론 당직근무자들이 일체 건드는 일 없을 겁니다. 그리고 간부들은 바로 퇴근하면 됩니다. 이상 전달 끝."

그 순간.

와아아아아!!

방송이 끝나자마자 대대에 커다란 함성이 울려 퍼졌고 여진수가 대한의 어깨에 자연스럽게 손을 올리며 말했다.

"우리도 퇴근하자."

"예, 과장님도 고생 많으셨습니다."

그 시각, 병사들의 함성에 흡연하던 추지훈도 피식 웃으며 박희재에게 말했다.

"김 소위가 잘 전달했나 보네."

"김 소위지 않습니까, 시키면 뭐든 잘 합니다."

그때, 뒤늦게 이원영도 막사에서 뛰어나왔다.

"충성. 늦어서 죄송합니다. 선배님."

"늦기는 뭘, 금방 나왔구만. 그나저나 단에는 함성 같은 게 안 들리네?"

그때였다.

와아아아아아!

추지훈의 말이 끝나기가 무섭게 단에서도 함성이 터져 나왔다.

그 소리에 추지훈이 눈을 키우며 물었다.

"어째 단 쪽이 반응이 더 뜨거운 것 같네? 뭐라고 하고 왔길래 저러는 거야?"

"병사들 고생했다고 다음 주 월요일까지 전투 휴무 주기로 했습니다."

크.

그렇다면 인정이지.

추지훈이 낄낄 웃자 박희재가 얼른 한마디 거들었다.

"그럼 저희도 쉽니다?"

"이미 전달했으니까 걱정하지 마. 대신 간부들은 제외다. 밀린 업무가 많은 모양이야."

"허허, 간부들은 당연히 일해야 하지 않겠습니까. 밀린 일 처리하기 딱 좋은 날일 것 같습니다."

"자자, 그럼 자세한 이야기는 밥 먹으면서 이야기하자고. 갈비탕이랬나?"

"나오는 길에 예약해 놨습니다. 제 차로 다녀오시죠."

세 사람이 화기애애한 분위기로 이동하기 시작한다.

비닐밥만 먹다 와서 그런 걸까?

세 사람은 갈비탕, 그것도 특대 사이즈를 순식간에 비웠다.

추지훈이 물을 마시며 두 사람에게 물었다.

"그나저나 대한이 놈 자력을 좀 확인해 보니까 장군들 표창이 많던데 설마 너희가 다 밀어준 거냐?"

"아닙니다. 알아서 받아 온 겁니다."

"허 참, 기가 막힌 놈일세. 하긴 아무리 밀어준다고 해도 장군들 표창을 쉽게 받을 수가 있나."

추지훈이 물컵을 내려놓으며 말했다.

"내가 호들갑 떠는 걸 수도 있겠지만 대한이 그놈, 소위인데도 이 정도면 나중이 되면 아주 날아다니겠어. 그것도 아주 좋은 방향으로 말이야."

"저희도 그렇게 생각하고 있습니다."

"이왕이면 대한이 같은 애가 높은 곳까지 올라가야 우리 군이

욕을 안 먹지. 그러니까 두 사람이 좀 잘 봐줘. 필요하면 나도 얼마든지 힘 실어 줄 테니 필요한 거 있으면 언제든지 말하고. 이건 진담이야."

"예, 알겠습니다. 감사합니다, 선배님."

빈말이 아니었다.

추지훈은 자신이 몸담았던 군에 대한 자부심이 굉장히 넘치는 사람이었다.

그렇기에 후배들이 군대가 욕먹지 않게 잘해 주었으면 했는데 그 미래의 씨앗으로 대한이가 눈에 들어왔다.

그래서 대한을 제대로 밀어주기로 했다.

영관급 두 사람이 봐주는 것보다는 소장인 자기가 제대로 챙겨 주는 게 좋을 테니까.

할 말을 마친 추지훈이 웃으며 자리에서 일어났다.

"슬슬 가 보자. 아, 두 사람 다 자주 연락해라. 얼굴은 못 봐도 소식은 듣고 살아야지."

"예. 알겠습니다."

이윽고 추지훈을 배웅하고 난 뒤 두 사람은 흡연장으로 이동해 둘만의 대화를 시작했다.

이원영이 먼저 말했다.

"대한이가 이쁨을 많이 받네."

"선배들이 보기에는 건방질 수도 있는데 다들 귀엽게 봐주시니 다행이지."

"인복이 타고 난 거 지 뭐. 그나저나 대한이한테 뭘 챙겨 줘야 소령까지 팍팍 진급하려나. 너 뭐 아는 거 있냐?"

"나도 육사야 인마, 내가 뭘 알겠냐."

"하긴."

두 사람 다 육사 출신이다 보니 소령 진급 같은 건 한 번도 걱정해 본 적이 없다.

그래서 후배는 밀어줘야겠는데 방법을 알 수 없으니 좀 막막한 느낌이 들었다.

그때, 박희재에게 좋은 생각이 떠올랐다.

"상장 어때? 상장 많이 받으면 좀 도움 되지 않냐?"

"아, 그래. 상장. 대한이가 지금 상장은 없잖아?"

표창과 상장은 전혀 달랐다.

표창은 공로를 인정해서 주는 것이라면 상장은 실력을 인정해서 주는 것이었으니까.

이원영과 박희재에게는 중요한 것이 아니었지만 대한에게는 무척이나 중요한 것.

박희재가 씨익 웃으며 이원영에게 말했다.

"표창은 더 필요 없을 것 같으니까 상장이나 받을 수 있도록 준비해 줘야겠네."

"근데 상장은 우리가 도와줄 수 있긴 한 거냐?"

"도와주긴 뭘. 상장 받을 만한 데로 보내면 알아서 잘하겠지."

"큭, 그건 또 그렇지."

두 사람이 킬킬 웃는다.

✳

다음 주 월요일.

대한은 오랜만에 여유롭게 출근했다.

대한의 대대도 이원영 덕에 월요일까지 전투 휴무가 부여되었으니까.

그때, 신난 이영훈이 간부 연구실 문을 열고 들어오며 물었다.

"대한아, 오늘 뭐 할까?"

"충성. 대대장님께서 밀린 행정 업무하라고 하시지 않았습니까?"

"중대장이 행정 업무할 게 어디 있다고?"

틀린 말은 아니었다.

참모진들이야 밀린 공문들이 수두룩하겠지만 지휘관이나 지휘자들은 딱히 할 게 없었다.

대한은 잠시 고민하더니 말했다.

"그럼 영화나 보러 가십니까?"

"영화?"

"버스 배차 내서 중대원들이랑 다 같이 나갔다가 오시죠?"

그 말에 이영훈은 잠시 고민하는 듯하더니 이내 신난 표정으로 말했다.

"그러자, 오랜만에 영화 좋지. 내가 과장님한테 한번 물어보고 올게."

놀 거면 확실하게 놀아야지.

이원영이 정작과로 이동한 사이, 대한은 자리에 앉아 컴퓨터를 켰다.

혹시나 혹한기 훈련 결과가 나왔는지 확인하기 위해서였다.

하지만 아직 결과가 올라오지 않았다.

'역시, 아침부터 올라올 리가 있나.'

예상은 했지만 역시 아직이었다.

그도 그럴 게 군대는 일처리가 좀 늦은 편에 속했으니까.

물론 이번의 경우엔 소장이 직접 처리하는 거라 좀 기대를 하긴 했다.

근데 아직인 걸 보면 역시 군대는 군대인 모양.

하지만 대한이 한 가지 오해하고 있는 게 있었다.

추지훈은 이미 일처리를 진작에 끝냈다는 것.

다만 아직 공문 발송을 못 하고 있었을 뿐이었다.

특공여단에 평가관으로 갔던 중령이 보고서를 들고 울상을 지으며 말했다.

"소장님…… 진짜 이렇게 전파하실 겁니까?"

"그럼? 난 이미 결제까지 끝냈다."

"작전사에서 계속 연락 옵니다."

"받지 마. 그냥 전화선 뽑아 버려."

"제가 어떻게 그렇게 하겠습니까아……."

"야, 너 나랑 하루 이틀 본 것도 아니고 뭘 그렇게 죽을상을 해? 그냥 올려. 어차피 책임은 내가 지는데 네가 왜 난리야?"

"그렇긴 한데…… 결과라도 좀 좋게 써 달라고 합니다."

"좋게 써 줄 게 있어야 좋게 써 주지."

그 말에 평가관이 한숨을 픽 내쉬며 말했다.

"그럼 소장님께 직접 전화하라고 전달해도 되겠습니까?"

"되겠냐?"

"흑."

결국 중간에 낀 평가관만 고생인 셈.

평가관이 이러지도 저러지도 못 하고 우물쭈물하고 있자 추지훈이 답답하다는 듯 말했다.

"에이, 진짜! 야, 너 내가 직접 쓴 거라고 말했어?"

"당연히 말씀드렸습니다. 그러니까 부탁드리는 거 아니겠습니까."

"아휴, 진짜. 나한테 당당하게 요청할 수 있으면 전화하라고 해. 딱 10분 준다. 10분 뒤에도 내가 아무 말 없으면 그냥 공문 발송해. 알겠어?"

그 말에 중령은 쉽게 대답하지 못했다.

어차피 결과는 정해져 있다는 걸 알고 있었으니까.

"그냥 올리실 거 아닙니까?"

"당연한 걸 왜 물어? 이렇게 전화 와서 고치면 청탁받는 꼴이 되잖아."

결국 도루묵이다.

중령은 보고서를 한번 보더니 그냥 모르는 척 하기로 했다.

더 이상은 자신도 어찌할 수가 없었으니까.

"그럼 돌아가서 그냥 바로 공문 발송하겠습니다."

"크큭, 그래. 이제야 같이 일하는 놈 같네."

중령이 추지훈의 사무실에서 나가고 잠시 후, 전 군에 공문이 발송되었다.

✳

공문이 발송된 후, 박희재가 그것을 확인하고는 경악을 금치 못했다.

"미친…… 이걸 이렇게 발표한다고?"

공문 전체를 다 볼 필요는 없었다.

중요한 내용은 단 한 줄에 담겨 있었으니까.

"특공여단의 침투 작전은 작전 개념이 뛰어난 소위 하나에게 다 막혔다라니……."

추지훈이 좀 빡세게 적어 놨다.

하지만 이 말을 곧이곧대로 믿을 사람이 얼마나 될까?

아마 군 생활 좀 해 본 놈이라면 소위 하나한테 막혔다는 구절은 무시하고 다른 것에 집중할 것이다.

예컨대 특공여단이 일개 공병단에게 패배했다는 사실에.

'특공여단장은 이제 진급하기 글렀구만.'

뭐가 됐든 특공여단의 쪽을 파는 일이 됐다.

그러니 홍택수의 진급은 이제 저 멀리 날아간 것이나 마찬가지인 셈.

하지만 아무리 그래도 그렇지 추지훈도 참 대단하다고 생각했다.

'대한이 하나 띄워 주시겠다고 대령 하나를 이렇게 날려 버리시다니.'

대한이를 아끼긴 하지만 그래도 아는 사람의 군 생활이 끝난다고 하니 마음이 아팠다.

하지만 마음이 아픈 건 아픈 거고 특공여단장이 실패한 건 실패한 것.

자기도 중령에서 끝날 팔자인데 동정도 이 정도면 됐다.

'대령까지 올라갔으면 됐지 뭐.'

홍택수가 박희재의 지인도 아니고 이왕 잘되는 거 대한이 잘되는 게 훨씬 좋았다.

안타깝던 마음은 어느새 사라졌고 박희재는 공문을 마저 살폈다.

그러다 마지막에 있는 훈련 우수자 항목을 보고는 눈이 커질 수밖에 없었다.

'이건 좀 의왼데?'

이내 추지훈의 생각이 깊다는 걸 느끼고는 공문을 프린트했다.

그리고 대한을 호출한 뒤 단장실로 향했다.

대한은 박희재의 뒤를 따라가며 물었다.

"단에는 왜 가시는 겁니까?"

"너 때문에 가는 거지."

"저 말씀이십니까?"

대한은 아직 공문을 확인하지 못했기에 박희재가 무슨 말을 하는지 알 수가 없었다.

잠시 고민을 해 봤지만 본인 때문에 단에 올라갈 일이 한두 개는 아닌 것 같았기에 이내 고민을 멈추고 조용히 따라갔다.

잠시 후, 단장실에 도착한 박희재가 이원영에게 프린트해 온 공문을 던져 주었다.

"아직 못 봤지?"

"뭘?"

"훈련 결과 나왔다."

대한은 훈련 결과라는 말에 관심을 가졌고 이원영도 서둘러 프린트를 확인했다.

그러더니 조용히 한숨을 내쉬며 말했다.

"이거 택수가 속이 많이 상하겠는데?"

"그렇지? 너희 선배도 참 대단하다. 진짜."

"근데 대한이는 모르는 눈치다?"

"일부러 안 알려 줬어. 쪼는 맛이 있잖아?"

"그것도 그렇지. 그나저나 택수만 아니었어도 더 신났을 일인데……."

이윽고 대한도 공문을 살폈다.

그리고 경악할 수밖에 없었다.

특공여단이 일개 소위한테 졌다고 써 놓은 구절을 발견해서였다.

대한이 당황한 표정을 짓자 박희재가 웃으며 말했다.

"표정이 왜 그래? 네 칭찬이잖아?"

"그, 그게…… 이건 좀 심한 거 아닙니까? 특공여단장님도 체면이 있으실 텐데……."

"그러게 체면 안 구기려면 잘했어야지, 너무 신경 쓰지 마. 여단장씩이나 돼서 너한테 막힌 건 사실이잖아?"

아무리 그래도 그렇지 육사 대령을 포기하고 학군 소위를 밀어준다고?

심지어 장기도 안 된 나를?

'잘 나가려면 선배도 밟고 진급하는 거라지만 소위에서 대령은 너무 먼데?'

대한은 이내 정신을 차리고 공문을 마저 살폈다.

'특공여단이 침투 시도했던 내용이랑 어떻게 막았는지 상세

하게 적혀 있네.'

추지훈은 대한의 활약을 아주 멋지게 적어 놔 주었다.

그렇기에 대한은 자기도 모르게 어깨에 힘이 들어갔다.

그러다 공문 한편에 적힌 훈련 우수자로 채택된 사람을 보고는 웃음을 감추지 못했다.

대한의 웃음을 본 두 사람도 역시나 함께 웃으며 말했다.

"소장님 덕분에 고민을 덜게 됐어. 안 그래도 지휘 추천으로 1번을 누굴 줘야 될 지 고민이었거든."

"선배님 덕분에 다른 부대 대대장들이 부탁하는 일은 없을 것 같다."

훈련 우수자는 둘.

하나는 당연히 대한이었고 나머지 하나는 다름 아닌 고종민이었다.

대한은 새삼 고종민에게 기동타격대를 맡기길 잘했다는 생각이 들었다.

'덕분에 말 잘 듣는 선배랑 계속 군 생활할 수 있겠구만.'

이원영이 피식 웃으며 박희재에게 말했다.

"종민이가 타이밍이 참 좋네. 그렇지 않아도 6대대장이 계속 연락 왔었거든. 6대대에 정보장교하고 있는 놈 좀 장기 밀어달라고."

"이젠 그런 소리 못 하지 않겠냐?"

"하면 미친놈이지. 나도 이젠 종민이 밀어줄 명분이 생겼는데."

"근데 이거…… 아무리 봐도 그거 같지? 대한이 파트너로 종민이를 찍으신 거."

그 말에 이원영이 바로 고개를 끄덕였다.

"나도 그렇게 보인다. 선배님이 참 이런 쪽으로 사려가 깊으신 분이야."

그 말에 대한도 감탄했다.

자신이 원하던 걸 추지훈이 알아서 캐치하여 해결해 준 것이나 다름없었으니까.

'역시 소장 아무나 하는 거 아니네.'

군에서 제일 위험한 게 바로 혼자 잘나가는 것이다.

대한이 경험한 바로 아군 없이 혼자 잘나가는 사람들이 오래 가는 걸 본 적이 없었으니까.

'강한 놈이 오래 가는 게 아니라 오래 가는 놈이 강한 거지.'

주변에 지켜 주는 사람이 없다면 오래 갈 수가 없다.

어차피 자리는 정해져 있고 그 자리를 원하는 사람은 수도 없이 많았으니까.

그런 의미에서 대한은 고종민이 장기가 될 것이라는 생각에 기분이 좋았고 대한의 미소를 본 박희재가 마찬가지로 흐뭇하게 웃으며 대한의 어깨를 두드려 주었다.

"훈련하느라 고생 많았다. 인사과장한테는 네가 가서 말해 줘라."

"예, 알겠습니다!"

"그럼 우린 먼저 내려가자. 단장님은 특공여단장한테 전화나 한번 해 주시죠."

이원영은 홍택수를 떠올리고는 고개를 내저었다.

"연락하긴 해야 하는데…… 하, 이걸 어떻게 연락하냐?"

"큭큭, 그러게. 고생해라. 난 먼저 내려간다."

두 사람이 가벼운 발걸음으로 단장실을 나선다.

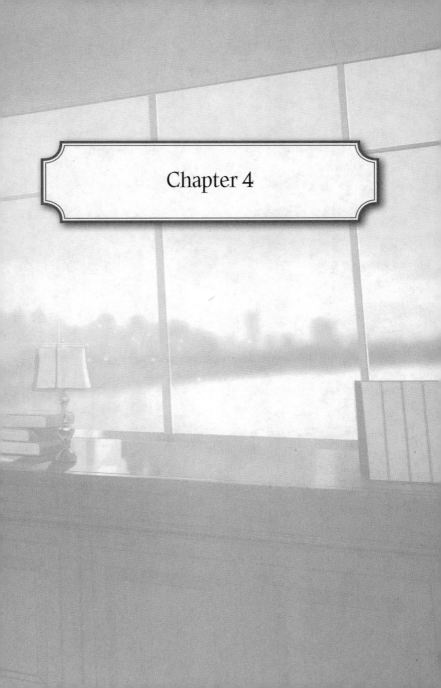

Chapter 4

대대로 복귀하는 길.

박희재가 대한에게 웃으며 물었다.

"그나저나 넌 오늘 뭐 하냐?"

뭐지?

이영훈이 보고 하러 안 왔나?

도리어 대한이 되물었다.

"저희 중대장이 대대장님 뵈러 안 왔었습니까?"

"영훈이? 안 왔는데?"

이 양반이 어딜 돌아다니는 거야?

당연히 박희재에게 바로 갔을 거라 생각했는데 아니었던 모양.

그래서 그냥 말 나온 김에 물어보기로 했다.

'지휘체계를 좀 건너뛰긴 하지만…….'

지금은 분위기 좋을 때잖아?

게다가 지금 아무 말도 안 하는 게 더 이상하기도 하고.

대한이 말했다.

"실은 오전에 중대 간부 회의를 통해 나온 내용이 있습니다. 오늘 중대 인원들과 영화 관람을 하러 가자는 말이 나왔고 중대장이 배차 확인 중이라 아직 대대장님께 건의를 못 드린 것 같습니다."

그 말에 박희재가 고개를 끄덕이며 말했다.

"영화 좋지. 이 추운 날 밖에서 노는 것보단 나들이 한번 갔다 오는 게 애들도 더 좋아할 거야. 그나저나 1중대만 가나?"

그 말에 대한이 조금 당황했다.

이렇게 되면 다른 중대도 갈 수밖에 없었으니까.

'우리야 괜찮지만 다른 중대는 운영비가 남아 있을지 모르겠네.'

1중대는 어차피 대한이 부담할 예정이라 부담없이 말을 꺼냈다. 고생한 병력들에게 한 턱 쏘는 게 간부의 역할이었으니까.

하지만 다른 중대는 상황이 좀 달랐다.

중대 운영비를 영화보는데 다 써 버리고 나면 중대에 필요한 물품 살 돈이 없을 것이고 그렇게 되면 그 부담은 결국 간부들에게로 돌아간다.

대한이 잠시 머뭇거리자 박희재가 웃으며 말했다.

"자식이, 중대 운영비 때문에 지금 눈치 보는 거야?"

"어, 어떻게 아셨습니까?"

"나는 뭐 중대장 안 해 봤냐?"

그 말과 동시에 박희재가 지갑에서 카드 하나를 꺼내 내밀었다.

"영화관 상황 고려해서 2팀으로 나눠서 가든지 한 번에 다 가든지 하고 영화표는 내 카드로 결제해라."

"대대장님!"

"어허, 그냥 받아. 지휘관이 카드 줄 때는 원래 바로 받는 거야."

"그래도 대대장님 개인 사비를……"

"애들이 고생해서 원래 한 턱 쏘려고 했던 거니까 신경 쓰지 마."

그래도 좀 받기가 망설여졌다.

아무리 대대장 월급이 좀 된다지만 200명에 달하는 영화비는 확실히 좀 부담이었으니까.

그러나 박희재가 억지로 대한의 주머니에 카드를 쑤셔 넣어 주며 쫓아내듯 얼른 대한을 보냈다.

"정작과장 잠깐 불러 주고 중대장들이랑 회의해서 출발하기 전에 보고만 해."

"예, 알겠습니다!"

저렇게까지 하는데 뒷말을 더 붙이기도 뭣하다.

대한은 씩씩하게 대답한 뒤 얼른 정작과로 향했다.

그런데 대한이 정작과에 들어서자마자 여진수가 호들갑을 떨었다.

"야, 김대한이! 너 공문 봤냐?"

왜 그런가 했더니 공문 때문이었군.

대한이 여유 있게 고개를 끄덕였다.

"예, 봤습니다. 안 그래도 그것 때문에 대대장님이랑 단장님 뵙고 오는 길입니다."

"이야, 소장님 대단하신 분이셨네. 내가 살다 살다 이런 공문은 또 처음 본다야."

"저도 공문 확인하고 깜짝 놀랐습니다."

"난 막사에 틀어 박혀 있느라고 네가 뭐 하고 있었는지도 몰랐는데 이번에도 거하게 사고 하나 쳤구나?"

여진수가 대한을 향해 엄지를 치켜들자 대한이 웃으며 답했다.

"과장님도 안 계시는데 저라도 확실히 해야 하지 않겠습니까."

"자식이 말은, 그나저나 특공여단장님 생각하면 아, 웃으면 안 되는데 왜 자꾸 웃음이 나오냐. 그나저나 왜 왔어? 심심해서 왔어?"

"아닙니다. 대대장님께서 호출하셨습니다."

"야, 그럼 그거부터 말했어야지! 근데 왜 부르시는지 아냐?"

"영화 관람 때문에 부르시는 것 같습니다."

"영화? 무슨 영화?"

그 말에 대한이 주머니에서 박희재의 카드를 꺼내 보이며 자초지종을 설명하자 여진수의 얼굴이 대번에 심각해졌다.

"아이고 대한아…… 그렇다고 대대장님 카드를 막 뺏어 오면 어떻게 하냐."

"아, 아닙니다! 전 돌려드리려고 했는데 대대장님이 억지로 주신 겁니다."

"아무리 그래도 그렇지 애들 머릿수 생각하면 그게 한두 푼이 아닐텐데…… 뭐 일단 주셨다니까 어쩌겠냐. 재밌게 보러 가야지."

응?

뭔가 말이 좀 이상한데?

여진수는 휴대폰을 꺼내 중대장들에게 지휘 통제실로 모이라고 전달한 뒤 곧장 대대장실로 들어갔고 대한은 박희재의 카드를 다시 주머니에 넣은 뒤 인사과로 향했다.

✳

대대장실에 방문한 여진수는 박희재로부터 생각지도 못한 질문을 받게 되었다.

"과장아, 요즘 소령 진급할 때 뭐가 중요하냐?"

"……잘못들었습니다?"

갑자기?

영화 관람 때문에 부른 게 아니었어?

박희재의 질문이 이어졌다.

"내가 진급했을 때랑 요즘이랑은 많이 다르잖냐. 그래도 네가 제일 최근에 진급한 놈이니까 잘 알 거 아냐. 네가 보기엔 뭐가 중요한 것 같든?"

그 말에 여진수는 빠르게 대대 내 소령 진급 대상자가 있는지 떠올렸다.

하지만 아무리 생각해 봐도 없었다.

기껏해야 정우진 정도?

하지만 정우진은 아직 소령 달려면 멀은데다 육사 출신이었기에 소령 진급 걱정은 할 필요가 없었다.

그래서 일단 질문 자체에 대한 대답을 했다.

"자력 관리를 해 놓으면 지휘관을 잘못 만나도 진급할 수 있습니다."

"지휘관을 잘못 만나도 진급할 수 있다고?"

박희재는 의외의 말에 바로 관심을 가졌다.

그도 그럴 것이 진급을 하는데 지휘관이 주는 지휘 추천은 절대로 무시할 수 없는 거였으니까.

근데도 진급할 수 있다는데 당연히 관심이 갔다.

여진수가 수첩을 내려놓으며 설명을 시작했다.

"제가 그렇게 진급한 케이스인데 진급 시기에 맞춰서 부대를 국직 부대로 이동하면 국직 부대에서 따로 소령 심사를 받게 됩니다. 이때는 육군이 아니라 육해공 소령 심사 대상자들이랑 붙어야 하는데 자력 관리만 잘돼 있으면 오히려 이 방법이 더 쉽습니다."

각 부대에서 추천을 받아 심사에 올라가는 것이 아니라 추천 없이 심사에 들어가는 것 자체가 리스크가 있는 것이다.

하지만 다른 이들과 경쟁하는 것에 자신 있다면 충분히 고려해 볼 방법이었고 박희재는 대한을 떠올리고는 문제가 없다고 생각했다.

박희재가 고개를 끄덕이자 여진수가 말을 이었다.

"저 같은 경우에는 같은 부대에 2차 진급 들어가는 선배가 있어서 고민하다가 부대를 이동했고 상장이랑 표창이 많아서 잘된 것 같습니다."

지휘 추천을 할 땐 당연히 더 뛰어난 인물에게 1번을 주는 것이 맞았다.

하지만 현실은 그렇지 않다.

진급에 물 먹었던 사람부터 먼저 챙겨 주거나 본인에게 더 아부를 잘하는 사람을 챙겨 주는 것이 태반이었으니까.

그런 이유들로 여진수는 지휘 추천에서 자신이 1번이 안 될 것을 확신해 바로 부대 이동을 준비했었다.

여진수의 설명에 박희재가 흡족함을 표했다.

"학사 출신이 1차 진급하는 경우는 드문데 그렇게 해서 1차 진급했던 거구만. 과장도 고생이 많았겠어."

"아닙니다. 그나저나 누구 때문에 고민하시는 겁니까?"

"내가 신경 쓸 놈이 누구겠냐."

그 말에 여진수가 헛웃음을 터뜨리며 말했다.

"근데 대한이가 소령 진급 심사 들어가려면 못 해도 9년은 남지 않았습니까?"

"내 밑에 있을 때 제대로 준비시켜 주려고 하는 거지, 뭐."

그 말에 여진수가 또 한 번 웃었다.

이른 감이 없지 않아 있었지만 반대할 이유는 없었다.

여진수도 박희재와 마찬가지로 대한이 잘 됐으면 했으니까.

"그럼 상장 나오는 대회 같은 게 있으면 전부 다 참가시키겠습니다."

"그래, 과장이 알아서 찾아보고 나한테 보고해라. 아, 그리고 교육 같은 것도 받으면 좋지 않나?"

"예, 맞습니다. 교육 같은 것도 보낼 수 있으면 전부 다 보내겠습니다."

여진수도 협조적으로 굴자 박희재는 새삼스레 대한에게 다시 한번 더 기특함을 느꼈다.

'자식, 과장한테도 이쁨받고 있는 모양이네.'

본인이 아끼는 부하가 여기저기서 이쁨받는데 그걸 싫어할 지휘관은 없을 것이다.

그때, 수첩에 메모를 마친 여진수가 분위기를 타 조용히 박희재에게 물었다.

"저…… 대대장님?"

"응, 말해."

"그게…… 다름이 아니라 영화 관람하라고 카드 주셨지 않습니까? 그거 저희 대대 운영비에서 좀 사용할 수 있을 것 같은데 그렇게 처리해도 되겠습니까?"

그 말에 박희재가 황당하다는 듯 헛웃음을 터뜨렸다.

"참나, 너도 대한이랑 똑같은 소리하네."

"예?"

"야, 인마. 내 지갑 열리면 그냥 좋아하면 되는 거 아니냐? 두 놈 다 왜 이렇게 내 지갑 지켜 주려고 안달들이야?"

"허헛, 그래도 그게 작은 돈은 아니지 않습니까."

"그렇다고 큰돈은 또 아니잖아? 됐어. 나도 애들한테 한 턱 쏘게 좀 해 줘라."

"하하, 예. 알겠습니다."

"과장도 같이 갈 거냐?"

"전 괜찮습니다."

"왜? 이참에 과장도 보고 오지."

"전 아직 업무가 남아서 퇴근하고 가족들이랑 보겠습니다."

"에이, 한턱내는 거 싸게 퉁치려고 했구만. 눈치는 빨라 가지고."

물론 장난이다.

박희재는 아쉬운 척 말하자 여진수도 얼른 장난을 받았다.

"하핫, 저 이번 훈련 때 고생 좀 했습니다."

"잘 알지. 그럼 좀 있다 점심은 나가서 먹자. 고생한 만큼 비싼 걸로 먹어."

"예, 알겠습니다!"

여진수가 박희재에게 힘차게 경례한다.

✳

한편.

인사과에 도착한 대한이 인사과 문을 힘차게 열며 경례했다.

"충성!"

"어, 대한아."

"바쁘십니까?"

그냥 던진 말이었는데 이게 웬 걸, 놀고 있을 줄 알았던 고종민은 죽을상을 하고 컴퓨터를 보고 있었다.

"말도 마라. 5일 동안 확인을 안 했더니 일이 아주 쌓였다."

"단도 같이 훈련했는데 일 들어올 게 있습니까?"

상급부대에서 일을 내려줘야 일이 생기는 구조였기에 단과 같이 훈련을 한 시점에서 일이 쌓일 일은 없었다.

그렇다고 고종민이 일을 만들어서 하는 스타일은 아닌데 뭘까?

그 말에 고종민이 죽상을 하고 답했다.

"새해잖아. 종합하라는 거 태산이다."

"아, 고생하시겠습니다."

그 말에 대한이 얼른 고개를 끄덕였다.

그놈의 종합은 왜 이렇게 시켜대는지.

혹시 도와줄 게 있을까 싶었는데 대한은 얼른 눈을 돌렸다.

'종합은 못 도와줘, 아니 안 도와줘.'

일이 어려운 건 아니었다.

다만 엄청 귀찮을뿐.

나중에 인사과장이 되면 질리도록 해야 하는데 벌써부터 하고 싶진 않았다.

대신 아직 모르는 것 같으니 자그마한 선물을 주기로 했다.

"그보다, 공문 확인하셨습니까?"

"……뭔데. 무섭게 왜 그래?"

공문이란 말에 고종민은 자기도 모르게 대한을 경계했다.

그러자 대한이 웃으며 턱짓했다.

"훈련 결과 나왔으니까 한번 확인해 보십쇼."

"아, 진짜? 아까 봤을 땐 없었는데 그새 나왔나 보네."

고종민이 신나게 컴퓨터를 확인한다.

그러더니 얼마 뒤, 초롱초롱하던 눈동자가 촉촉하게 바뀌었다.

그 모습을 본 대한이 고종민의 뒤로 가 어깨를 주물러 주며 말했다.

"고생 많으셨습니다."

"……대한아, 진짜 고맙다."

"에이, 선배님이 고생하셨는데 당연한 결과죠."

"아냐…… 이거 다 네 덕분이다. 내가 그동안 얼마나 마음 고생했는데……."

안다.

이맘때쯤의 마음 고생은 그 누구보다도 많이 겪어 봤으니까.

고종민이 감격에 찬 목소리로 중얼였다.

"진짜 고맙다…… 내가 이 은혜는 꼭 갚을게."

산타한테 선물이라도 받은 아이처럼 말하는 고종민을 대한은 흐뭇하게 바라봤다.

사실 이 인연이 오래 갈 수 있을지는 아무도 모른다.

하지만 이렇게 말하는 것 자체로도 대한은 고종민이 참 괜찮은 사람이라고 느꼈다.

'고맙다는 말 한마디 없이 입 싹 닦는 사람도 많으니까.'

물론 앞에서는 고맙다고 하고 뒤돌면 그만인 사람도 많이 봤다.

고종민은 안 그럴 거라고 믿지만 그래도 사람 일은 아무도 모르는 것 아니겠나.

'진짜 은혜 갚으면 평생 보는 거지.'

대한은 고종민과 오래도록 보고 싶었다.

✳

그날 오후.

1중대와 2중대는 점심을 먹자마자 버스에 탑승해 영화 보러 갈 준비를 했다.

대한은 두 중대가 섞여 있는 버스의 선탑을 맡아 탑승 인원들을 확인했다.

"오케이, 영화 관람 끝나고 곧장 버스로 와라. 딴짓해서 찾으러 다니게 만들기만 해."

나가는 건 좋은데 통제가 문제였다.

도망가는 병력들은 없었지만 그렇다고 병력들이 딴짓을 안 하는 건 아니었으니까.

잠시 후, 병력들을 태운 버스가 하양으로 출발했고 옆에 앉아 있던 윤지호가 대한에게 말했다.

"야, 너 표창 몇 개나?"

"글쎄, 나중에 자력 확인해 봐야 알지."

대한은 윤지호와의 대화를 이어 가고 싶은 마음이 별로 없었다. 그도 그럴 게 지금 저 물음이 진짜로 궁금해서 물어보는 게 아니란 걸 알고 있었으니까.

아니나 다를까, 그 말에 윤지호가 바로 비아냥거렸다.

"새끼…… 언제는 나눠 받는다더니 어느 순간부터 혼자 독식하고 있어."

"상급자들이 주시는 걸 어떻게 하냐?"

"적당히 좀 설쳐. 너 때문에 가만히 있는 우리들까지 피해가 오잖아."

피해가 와?

어이가 없네.

대한이 물었다.

"내가 무슨 피해를 줬는데?"

대한이 되물을 줄은 몰랐던지 윤지호가 살짝 당황한 듯 말을 얼버무렸다.

"단체 생활에서 혼자 설치면 당연히 다른 사람한테 피해를 주지. 넌 그런 기본적인 것도 모르냐?"

황당했다.

대한은 그 말에 날카롭게 쏘아 주려다 그냥 관두었다.

갑자기 윤지호가 짠하게 느껴졌기 때문이다.

'2중대장이 엄청 비교하나 보네.'

안 그래도 삼사 출신을 좋아하지 않는 정우진이었다.

그 와중에 대한과 동기인 윤지호와 정호준이 열심히 군 생활을 하니 윤지호가 마음에 들 리가 있나.

그래서 그냥 대답하지 않고 피식 웃었다.

그런데 그게 윤지호의 성질을 더 긁어 버렸다.

"왜 웃냐?"

"좋은 날이잖아. 웃으면 안 되냐?"

"하, 새끼가 진짜……."

시비도 상대를 봐 가면서 걸어야지.

그때 윤지호가 인상을 잔뜩 찌푸린 채 대한에게 말했다.

"야, 내가 7월에 인사과장 간다."

"……응?"

이건 또 뭔 소리야?

보직이 선착순도 아닌데 무슨 수로?

대한이 윤지호를 쳐다보자 그제야 윤지호의 얼굴에 기세등등함이 서렸다.

"넌 지금 소대장 잘하고 있으니까 소대장 한 번 더 하면 되잖아. 소대장 두 번 하면 장기에 가산점 있으니까, 한번 잘해 봐."

아하, 그런 게 있었구나.

난 또 몰랐네.

대한은 몰랐던 사실에 고개를 끄덕였다.

하지만 소대장을 할 생각은 없었다.

'가점받을 거면 네가 하는 게 더 나을 텐데.'

물론 조언하지는 않았다.

어차피 보직은 박희재가 결정하는 것이었으니.

대한은 이후로 윤지호를 무시한 채 눈을 붙였고 얼마 뒤, 영화관에 도착하자마자 얼른 윤지호와 떨어졌다.

그때, 고종민이 대한에게 다가와 물었다.

"대한아, 팝콘 먹을 거지?"

"저는 영화 볼 때 뭘 안 먹긴 합니다만 선배님 드실 거면 제가⋯⋯."

"아냐, 아냐. 내가 사 줄게 잠시만 기다리고 있어."

얼른 뛰어가서 팝콘과 음료, 심지어 나초까지 사 온 고종민.

그 모습을 보자 윤지호 때문에 생긴 짜증이 단박에 사라졌다.

"감사합니다, 다음엔 제가 사 드리겠습니다."

"아냐, 나랑 같이 군 생활하는 동안 네 간식은 내가 책임져야지. 사람이 염치가 있으면 당연히 그래야 하지 않겠어?"

"하하, 말씀만이라도 감사합니다."

그렇게 두 사람은 영화 시간을 기다리며 팝콘을 주워 먹기 시작했다.

그러다 문득 물어볼 게 생각나 질문했다.

"아참, 선배님. 혹시 신병 언제 옵니까?"

"이번 주에 올 걸?"

드디어 오는구만. 참 많이도 기다렸다.

신병 소식에 대한이 웃으며 물었다.

"그럼 혹시 이번에 저희 중대 주시는 겁니까?"

그 말에 고종민이 곤란한 표정을 짓기 시작했다.

"하하, 1중대 1소대에 병력 없는 건 아는데⋯⋯ 2중대가 더 없어."

틀린 말은 아니었다.

전체 인원으로 봤을 때는 2중대의 신병 보충이 더 시급했다.

하지만 뭐 어쩌라고?

대한이 바로 죽상을 하고 말했다.

"선배님, 그것도 그렇지만 분대에 2명이 말이나 됩니까? 분대장을 제외하고 분대원 하나가 끝입니다. 끝."

"그, 그건 아는데……."

"그럼 선배님만 믿고 있겠습니다."

대한의 겁박 아닌 겁박에 고종민이 울상이 된다.

하지만 고종민은 이런 게 먹힐 사람이었다. 아니, 애초에 대한의 말을 어찌 거절할 수 있을까.

"알았어…… 대대장님께 한번 말씀드려 볼게."

"역시 선배님이십니다."

갑자기 입맛이 떨어졌는지 고종민이 먹던 팝콘을 조용히 내려놓으며 한숨을 푹 내쉰다.

✳

그로부터 이틀 뒤, 대한은 인사과에 앉아 고종민을 기다렸다.

그사이, 인사과 계원이 기다리는 대한에게 믹스커피를 타 주었다.

"잘 마실게."

"예, 맛있게 드십쇼."

"오늘 신병 몇 명이야?"

"한 명입니다."

"오랜만에 주는 건데 겨우 한 명이야?"

"원래 이 시기에 신병이 제일 없지 않습니까."

하긴.

지금 자대로 오려면 12월에 입대해야 하는데 보통 한겨울인 12월에는 입대 생각을 잘 안 하지.

그러니 지금 같은 시기엔 한 명이라도 받을 수 있음에 그저 감사해야 했다.

잠시 뒤, 고종민이 결재판을 들고 인사과로 들어왔고 대한이 기대 어린 표정을 짓자 고종민이 결재판을 흔들며 말했다.

"뭘 여기까지 와서 기다리고 있냐, 네 말대로 1중대에 넣기로 했다."

"예스! 믿고 있었습니다. 선배님."

"덕분에 매일이 부담이었다. 담배나 한 대 하자."

"여부가 있겠습니까."

이윽고 함께 흡연장을 다녀온 뒤, 고종민은 신병을 데리러 단으로 갔고 대한은 그 사이 신병 맞을 준비를 했다.

"태준아, 후임 받을 준비해라."

"신병 들어오는 겁니까?"

기태준이 밝은 미소로 말하자 그 모습을 본 옥지성이 얼른 끼어들었다.

"야야, 혹시라도 벌써부터 선임 대접받으려고 후까시 잡으면 털릴 줄 알아라. 알긋냐?"

"야, 아직 뭐 잘못하지도 않았는데 왜 그래?"

"원래 이런 건 초장에 잡아야 하는 겁니다."

장난처럼 말했기에 대한은 저게 장난임을 알았다.

하지만 언중유골이라고 어느 정도는 진심이기도 했다.

그렇기에 대한도 웃으며 고개를 끄덕였다.

"그래, 뭐. 알아서 잘해라."

"예, 걱정하지 마십쇼."

이윽고 옥지성은 기태준과 함께 신병 자리를 만들기 시작했고 얼마 뒤, 인사과에 고종민이 신병을 데리고 왔다.

고종민이 대한을 보고는 신병에게 말했다.

"네가 갈 소대의 소대장이다. 인사해라."

대한은 반갑게 자리에서 일어나 인사를 받을 준비를 했다.

그런데 신병은 대한에게 고개를 까딱일 뿐 인사를 하지 않았다.

그 황당한 행동에 대한이 눈을 동그랗게 뜨자 고종민은 조심스럽게 고개를 내저었다.

'이것 봐라?'

군인에게 인사란 무엇인가.

당연히도 경례였다.

훈련소 내내 교육을 받았을 텐데 그럼에도 불구하고 고개만 까딱?

그때 고종민이 조용히 대한을 데리고 복도로 나왔다.

"그…… 미리 말해 두는데 2중대로 다시 보내는 건 안 된다."

젠장.

폐급 냄새가 나서 억지라도 부려 볼려고 했는데 사전에 차단당했다.

대한이 체념하며 물었다.

"문제 있는 친구입니까?"

"듣기로는 훈련소에서부터 문제가 많았다더라. 복무 부적응인 것 같다는데 전역시킬 건 건덕지는 없다나 봐."

"전역시킬 게 없다니, 그럼 그냥 소심하다고 판단하는 겁니까?"

"응, 그런 것 같아. 모든 테스트에서 정상으로 나와."

하, 오랜만에 온 신병이 하필이면…….

대한은 크게 한숨을 내쉬고는 고종민에게 신병의 자료를 받았다.

그리고 인사과에 들어가 신병을 데리고 중대로 올라갔다.

2층에 올라가자 중대 행정반 앞에서 대기 중이던 옥지성과 기태준이 열화와 같이 신병을 반겨 주었다.

"이야, 신병 멀쩡하게 생겼네! 태준이는 좋겠다!"

특히 옥지성이 신나서 가장 먼저 다가왔다.

그 모습에 대한이 옥지성을 빠르게 막아서며 말했다.

"일단 짐만 가지고 가. 바로 면담하고 보내 줄게."

"……예? 아, 알겠습니다."

옥지성은 대한의 표정을 보고 눈치 빠르게 신병의 짐만 받아 생활관으로 이동했다. 그런 다음 대한은 신병을 데리고 곧장 간부 연구실로 향했다.

※

"앉자."

다행히 대답만 없을 뿐 시키는 대로 하기는 했다.

하지만 그래도 답답한 건 사실이었다.

'이럴 줄 알았으면 그냥 가만히 있을 걸.'

진짜 가만히 있을 걸 그랬다.

심지어 기억 속에도 없는 이름인 걸 보니 원래 흐름대로면 자연스럽게 2중대로 갔을 인물.

하지만 물은 이미 엎질러졌고 무를 수 없게 됐다.

대한은 냉장고에서 음료수를 하나 꺼내 신병에게 건넨 뒤 신병의 개인정보가 적혀 있는 파일을 열었다.

그리고 훈련소에서 교관이 적어 놓은 멘트를 확인했다.

'각종 테스트에서는 복무 의지가 있는 것으로 나오고 성격이 소심해서 주의를 요한다라……'

당장 복무 의지를 확인할 수 있는 부분은 찾아볼 수가 없었지만 대한보다 더 오래 본 사람이 적어 놓은 내용이니 일단은 믿을 수밖에 없었다.

대한은 파일을 더 확인하고는 물었다.

"이름이 조민기야? 나이가 좀 있네?"

조민기는 스물여섯 살로 대한보다 나이가 한 살 많았다.

조민기는 대한의 말에 또 고개만 끄덕였다.

'끄덕이는 것도 대답이긴 하지.'

이런 애들한테는 화를 내도 별로 의미가 없다.

화를 내서 고쳐질 거였으면 훈련소에서 이미 고쳐졌을 테니까.

'괜히 심력 소모하지 말자.'

대한이 파일을 마저 살피며 물었다.

"대학교도 다 졸업하고 왔네? 친구들이랑은 잘 지냈어?"

이번에도 조민기는 고개만 끄덕였다.

대한은 몇 가지 질문을 더 한 뒤 휴대폰을 꺼냈다.

"부모님께 전화드려 봐. 부대 잘 왔다고 말씀드리고 소대장 바꿔 줘."

그러자 조민기는 처음으로 다른 반응을 보였다.

이제껏 고개를 끄덕였던 조민기가 웬일인지 이번에는 고개를 내저었다.

"싫다고?"

그 말에 다시 고개를 끄덕였고 대한은 대답 대신 조용히 자리에서 일어났다.

그런 다음 조민기를 간부 연구실에 놔둔 후 홀로 밖으로 나와 신병 파일에 기재되어 있던 조민기 어머니의 번호로 전화를 걸었다.

"안녕하십니까. 민기 어머님. 민기 소대장 김대한 소위라고 합니다."

—아, 안녕하세요. 민기 자대에 도착한 건가요?

"예, 좀 전에 도착했고 면담 간단하게 하고 연락드립니다. 혹시 무슨 일 있으시면 이 번호로 연락 주시면 되니까 저장해 두시면 됩니다."

—네, 우리 민기 좀 잘 부탁드릴게요.

"예, 잘 보살펴서 건강하게 전역할 수 있도록 하겠습니다. 아, 어머니. 근데 제가 여쭤볼 게 하나 있는데 혹시 민기가 집에서도 많이 소심한 편인가요?"

그 말에 어머니가 잠시 몇 초의 텀을 두더니 조용히 대답했다.

—……애가 조용한 편이긴 해요.

"그런가요? 학교에서는 어땠나요?"

—……그냥, 뭐 공부만 했죠.

그렇군.

어쩌면 정말로 소심한 친구일지도 모르겠어.

이 이상의 전화 통화는 무의미한 것 같아 얼른 통화를 마무리 지은 후 대한은 1생활관으로 이동했다.

생활관에는 옥지성과 기태준이 기다리고 있었고 대한은 문을 닫았다.

그러자 눈치 빠른 옥지성이 물었다.

"소대장님, 왜 그러십니까? 혹시 신병한테 하자라도 있습니까?"

"하자라기보단 많이 소심한 친구가 들어온 것 같다."

"에이 군대에서 그런 게 어딨습니까? 소심해 봤자 얼마나 소심하다고 그러십니까?"

"애가 대답을 안 해."

"대답을 말씀이십니까?"

"관등성명도 안 대고 경례도 안 해. 고개만 까딱거려."

그 말에 옥지성과 기태준의 표정이 시시각각으로 변한다.

그러더니 옥지성이 세상에서 가장 진지한 표정으로 말했다.

"소대장님, 혹시 그놈 죽여도 됩니까?"

그 말에 대한이 고개를 저었다.

"되겠냐?"

"아이씨, 그럼 어떻게 교화를 시킵니까."

"아무리 그래도 손대면 안 된다. 그때부터 다시 부조리가 시작되는 거야. 너 영창 가고 싶냐?"

"절대 가고 싶지 않습니다."

"그래, 그러니까 절대로 손찌검하면 안 돼. 그래도 다행인 건 복무 의지는 있다고 나와 있어서 옆에서 좀 도와주면 될 것 같긴 해. 그래서 말인데……."

대한이 시선을 옮겨 기태준을 보았다.

"태준이가 고생 좀 해 줘야겠다."

그 말에 기태준이 씩씩하게 대답했다.

"아닙니다. 제가 열심히 가르쳐 보겠습니다."

"그래. 태준이가 맞선임이니까 수고 좀 하자. 하지만 정 힘들면 나한테 말해. 같이 지내면서 있었던 일들도 말해 주고. 나도 최대한 도와줄 테니까."

"예, 알겠습니다."

"지성아, 다시 한번 말하지만 애 패면 안 된다. 나도 참았는데 네가 때리면 안 돼. 나중에 성목이 휴가 돌아오면 성목이한테도 말해 주고."

"예, 알겠습니다."

"그래, 그럼 이제 간부 연구실 가서 신병 데려가라. 지성이 너는 애들한테 신병에게 관심 끄라고 확실하게 말해 놓고."

"예에."

대한은 기태준을 데리고 간부 연구실로 이동했다.

조민기는 자리에 가만히 앉아 멍하니 전방을 바라보고 있었다.

"민기야, 선임 따라가서 짐 정리해."

"반갑다. 기태준이야."

조민기는 기태준을 흘끔 보고는 자리에서 일어나 대한에게 인사도 없이 밖으로 나갔다.

그 모습에 기태준이 대한의 눈치를 봤으나 대한은 익숙한 듯 손짓과 함께 그냥 가라고 말했다.

이윽고 두 사람이 나가자 대한이 의자에 몸을 던지며 한숨을 내쉬었다.

"아이고 쟤는 또 어떻게 컨트롤 한담……."

걱정이 태산이었다.

그래도 어쩌랴.

이게 다 내가 자초한 일인 걸.

대한은 책상에 있는 음료수 캔을 보았다.

조민기가 먹던 거였다.

대한은 그것을 버릴 요량으로 캔을 들었는데…….

'다 먹었네?'

신기한 놈일세.

보통 소심하다고 하면 다 먹지도 못 하고 남기던데 적어도 결식 걱정은 안 해도 되겠다는 생각이 들었다.

캔을 쓰레기통에 버린 대한이 퇴근 준비를 시작했다.

＊

　한편, 기태준은 조민기를 데리고 생활관으로 와 이것저것 설명을 해 주었다.

　"훈련소 생활해 봐서 알겠지만 관물대는 항상 깔끔해야 해. 자대라서 훈련소보다는 안 빡세긴 하지만……."

　그런데 조민기는 기태준의 말을 듣는 둥 마는 둥 했다.

　심지어 이젠 고개도 끄덕이지 않았다.

　하지만 기태준은 아랑곳 않고 생활에 필요한 것들을 모두 알려 주었고 설명이 끝난 뒤 조민기의 맞은편에 앉으며 말했다.

　"청소는 20시 30분부터 시작하면 되고 우린 25분부터 청소 시작하고 있으면 돼. 이후에는 방송 통제 따르면 되고. 혹시 궁금한 거 있어?"

　그러나 이번에도 돌아오는 대답이 없다.

　그때, 기태준을 빤히 쳐다보던 조민기가 처음으로 입을 열었다.

　"몇 살?"

　"……응? 나한테 한 말이야?"

　"어, 몇 살이냐고."

　순간 기태준은 자신의 귀를 의심했다.

　나이를 물어보는 것도 충격인데 심지어 반말이라니?

　이렇게 자연스럽게 하극상을 할 줄이야.

당황한 기태준이 말을 못 하자 조민기가 재차 말을 이어 갔다.

"서로 억지로 끌려온 거니까 괜히 힘 빼지 말자. 딱 봐도 나보다 어려 보이니까 그냥 말 편하게 할게."

억지로 왔다니?

난 억지로 온 거 아닌데?

기태준은 조민기의 말에 피식 웃음이 나왔다.

그러다 문득 조민기와의 만남이 기회처럼 느껴졌다.

'잠깐. 이런 얘를 사람 만들면 나도 엄청난 성장을 이룰 수 있을 것 같은데?'

기태준이 굳이 대한의 밑에 남겠다고 한 건 스스로의 성장과 더불어 대한의 뛰어난 리더십을 배우고 싶었기 때문이다.

실제로 대한은 옥지성에게 때리지 말라고 신신당부까지 했으니 기태준의 관점에서 조민기는 성장의 밑거름이 될 기회가 맞았다.

물론 기무사에 있으면 부하를 둘 일은 없겠지만 군인이 되어서 밑에 병사들을 제대로 컨트롤한 경험이 없다는 건 말이 안 된다는 법.

그렇기에 기태준이 씩 웃으며 말했다.

"나도 나이 좀 있어. 스물네 살이야. 넌 몇 살인데?"

"너보다 많으니까 말 놓지 마라."

공격적인 말투.

그러나 기태준은 전혀 아랑곳 않고 대한처럼 온화하게 대답했다.

"화가 많은 친구네. 근데 너 다른 사람 있을 때도 이렇게 말할 거야? 그건 아니잖아."

그 말에 조민기는 대답 대신 조용히 기태준을 노려봤다.

근데 그 눈빛이 참 가소롭다.

기태준이 말했다.

"하는 짓 보니까 딱 견적 나오네. 너, 초반엔 폐급 컨셉으로 생활관에서 쥐 죽은 듯이 있다가 나중에 생활관 꽉 잡을 생각이지?"

그 말에 조민기가 코웃음을 쳤다.

"까불지 마라. 사회였으면 눈도 못 맞췄을 새끼가."

"그래, 사회였으면 그랬겠지. 근데 여기 군대잖아."

기태준은 조민기의 막말에도 미소를 잃지 않았다.

조민기는 그것이 마음에 안 들었는지 이를 꽉 깨물고 말했다.

"그러는 넌 평생 여기 있을 거 같냐? 나가서 내가 너 찾으면 어쩌려고 이렇게 깝치냐?"

네가 날 사회에서 찾는다고?

그건 불가능할 것 같은데…….

혹시 기무사가 뭔지 모를려나?

그렇기에 기태준은 조민기의 어설픈 협박이 그저 귀엽게 느껴졌다.

"협박 한번 귀엽게 하네. 어디서 생활하다가 왔어?"

"어이가 없는 놈이네. 너 뭘 믿고 그렇게 나대냐? 군대에 빽이라도 있냐?"

빽?

굳이 빽이라고 칭하면 있긴 하다만…….

근데 굳이 그걸 말해 줄 이유는 없지.

그래서 그냥 대답했다.

"군 생활하는데 그런 것도 필요해?"

"없구나?"

조민기는 기태준이 빽이 없는 것 같자 바로 비웃음을 흘렸다.

"빽도 없는 새끼가 뭘 믿고 이렇게 설쳐? 친구야, 아무리 군대라도 계급이 다가 아니야. 내가 빽 쓰면 여기 대대장도 빌빌 긴다고. 알아?"

그렇구나. 그럼 그 빽이 장군쯤 되나?

근데 장군이 너 이러는 거 알고도 뒷배가 되어 줄까?

절대 아니었다.

오히려 징계를 내렸으면 내렸지 절대로 도와주지 않을 터.

기태준이 고개를 기울이며 물었다.

"글쎄, 내가 아는 높은 분들은 너처럼 군 생활하는 놈들한테까지 힘써 주시진 않을 것 같은데."

"큭, 그건 네가 아는 사람이니까 그렇겠지. 난 달라. 아무튼 네가 반말하는 것까진 내가 참아 줄게. 대신 일과든 일과 이후든 건드리지 마라."

"나도 반말까지만 딱 참을 건데? 네가 뭐가 됐든 해야 될 건 해. 지시불이행으로 징계받든지 지시에 따르든지 둘 중 하나는 해야지."

"네가 지시한다고? 나한테?"

"같은 병사가 무슨 지시? 지휘관분들의 지시 말이야."

"그건 내가 알아서 할 테니까 신경 끄라고."

기태준은 어깨를 으쓱하고는 자리로 돌아갔다. 그러고는 조민기에게 물었다.

"아참, 전화하러 갈래?"

"내가 알아서 한다고 했다."

"같이 움직여야 해서 물어본 거지. 너 혼자 돌아다니면 다른 선임들한테 욕 먹을 걸?"

"꺼져. 여기서 혼자 쉬고 있을 거니까."

"그래, 알겠다."

기태준은 그대로 생활관에서 나와 옥지성을 찾았다.

"어, 태준아. 신병은 좀 어때?"

"같이 움직이려고 하질 않아서 일단 혼자 나왔습니다. 다른 선임들이 보면 뭐라고 할 수도 있는 부분이 좀 있을 것 같은데 괜찮으시겠습니까?"

"아, 그건 걱정하지 마. 내가 신병한테 관심 가지지 말라고 말해 놨어. 근데 애가 좀 많이 별로냐?"

기태준은 잠시 고민하더니 이내 웃으며 대답했다.

"소대장님이 말씀하신 것처럼 좀 소심한 게 전부입니다."

"흠, 뭐지? 그럼 혹시 간부가 불편한 건가? 자세한 건 성목이가 휴가 복귀해 봐야 알겠네."

"아마 그전까지 잘 적응할 수 있을 겁니다."

"일주일이나 남았는데?"

저런 놈들은 일주일이 뭐냐, 며칠이면 충분하지.

기태준은 옥지성의 물음에 자신있게 대답했다.

"예, 그때까지 제가 제대로 된 막내로 한번 만들어 보겠습니다."

"너만큼은 기대도 안 하니까 딱 너 반만 하는 놈으로 만들어. 내 말년은 편했으면 좋겠다. 알지?"

"예, 걱정하지 마십쇼."

옥지성은 기태준의 어깨를 두드려 주며 응원했고 기태준은 곧장 공중전화로 이동했다.

그리고 곧장 기무사 동기에게 전화를 걸었다.

"어, 나다."

─이게 누구야. 요즘 뭐 하고 있길래 이렇게 안 보여?

"출장 중이야. 자세한 건 나중에 말해 줄게."

─자식, 나중에도 말 안 해 줄 거면서…… 됐고, 뭐 도와달라고 연락한 거 아냐?

동기는 당연하다는 듯 물었고 기태준이 웃으며 답했다.

"맞아, 사람 하나만 조사 좀 해 줘."

-그런 건 좀 알아서 하지. 에휴, 불러 봐.

"조민기라고 나이는 스물여섯 살이래. 이번에 자대 배치받은 신병이고."

-뭐야, 이런 병사를 네가 왜 찾아?

"그냥 알아봐 줘."

-복귀하면 밥 사라.

"알겠다. 내일 저녁에 전화할게."

-오케이.

조민기한테 어떤 빽이 있는지 제일 궁금했다.

그래야 원인을 찾아 제거할 수 있었으니까.

그렇기에 기대가 됐다.

대체 얼마나 높은 빽인지.

'설마 대통령 손자쯤 되겠어?'

말도 안 되는 망상에 기태준이 피식 웃는다.

✳

다음 날 아침.

대한이 기태준을 간부 연구실로 호출했다.

"어, 태준아. 민기는 잘 지내든?"

"예, 소심한 게 맞는 것 같습니다."

"그래? 그 정도면 다행이다. 성격은 시간이 지남에 따라 변하기도 하잖아?"

기태준은 일부러 조민기의 하극상을 보고하지 않았다.

자신의 선에서 처리하고 싶었기 때문이다.

그렇기에 대신 다른 질문을 했다.

"저도 그렇게 기대하고 있습니다만 그나저나 소대장님? 혹시 민기 부모님이랑 통화 하셨습니까?"

"어, 했어. 왜?"

"학교생활은 잘했답니까?"

"나도 그게 궁금했는데 공부만 열심히 했다더라."

"아…… 그럼 학벌이 좋겠습니다?"

"공부만 한 것치고는 그리 좋은 대학은 아니던데?"

그 말에 기태준이 눈을 좁히자 대한이 뒷말을 덧붙였다.

"태준아."

"일병 기태준?"

"이건 혹시나 해서 하는 말인데…… 간혹 이런 애들 중에 군 생활 편하게 해 보려고 초반에는 부적응자처럼 지내다가 나중에 짬 차면 폭군이 되는 애들이 있거든? 민기가 그런 애라는 건 아니지만 그래도 혹시 모르니까 맞선임인 네가 잘 통제해 줘야 한다?"

그 말에 기태준은 소름이 돋았다.

조민기의 하극상은 자신만 아는 사실인데 대한의 통찰력이 벌써 조민기를 꿰뚫고 있는 것처럼 보였기 때문이다.

'역시 소대장님은 대단한 사람이야.'

역시 대한의 곁에 남길 잘했다는 생각이 든다. 그렇기에 더더욱 조민기를 제대로 된 사람으로 만들어야겠다고 다짐했다.

"걱정하지 않으셔도 됩니다. 제가 항상 잘 통제하겠습니다."

"그래, 너만 믿는다. 그래도 힘들면 밤이건 주말이건 항상 연락하고."

"예, 알겠습니다."

이윽고 두 사람은 일과를 위해 간부 연구실을 나왔고 대한은 1생활관에서 대기중인 조민기를 만나러 갔다.

조민기는 기태준과 단둘이 있을 때를 제외하고는 벙어리처럼 지내고 있었다.

지금도 그랬다.

대한이 생활관에 들어왔음에도 눈동자만 돌려서 확인할 뿐 멍하니 허공만 바라보는 중이었다.

'아무리 봐도 뭔가 냄새가 난단 말이지.'

소심한 놈치곤 뭔가 연기하는 느낌이 강하게 든다.

그래서 한번 테스트를 해 보기로 했다.

"민기야, 일과 내내 생활관에 있을 순 없으니까 장소 좀 옮기자. 거기 가서 편하게 있어."

그 말에 조민기는 고개도 끄덕이지 않은 채 자리에서 일어나 대한을 따라 이동했다.

그렇게 이동한 끝에 도착한 곳은 다름 아닌 대대 주임원사실이었다.

대한이 주임원사실 문을 두드리며 말했다.

"주임원사님. 김대한 소위입니다."

"예, 들어오시면 됩니다."

주임원사는 자리에서 일어나 대한을 반갑게 맞이했다. 그리곤 옆에 있는 조민기를 보고는 물었다.

"이 친구입니까?"

"예, 매일 일과 시작하면 이리로 보내겠습니다. 적응할 때까지만 좀 부탁드리겠습니다."

"허허, 알겠습니다. 그나저나 민기는 군 생활 잘하게 생겼는데 왜 적응이 힘들까? 주임원사가 주둔지 좀 구경시켜 줄까?"

전통적으로 관심병사들은 부사관들 옆…… 예컨대 행보관 옆에 붙여 놓는다.

일과 시간 동안 생활관에 혼자 둘 순 없었으니까.

하지만 우리 중대 행정반은 바쁘다.

관심병사 때문에 보급관에게 별로 피해를 주고 싶지도 않았고. 그래서 상대적으로 한가한 대대 주임원사 옆에 붙여 두기로 한 것이다.

그렇다고 주임원사 옆이 편하냐?

그건 또 아니다.

주임원사의 주된 하루 일과는 부대 울타리 순찰인데다 우리 대대 주임원사는 다른 주임원사들에 비해 말이 무척이나 많았으니까.

게다가 주임원사에게 미리 사정도 설명해 놓아 평소보다 더욱 더 집요하게 질문 세례를 퍼부을 것이다.

'하루 종일 울타리 작업하면서 주임원사의 질문 세례 받아봐라. 그래도 버티면 연기가 아니라는 거 인정한다.'

대한이 조민기를 맡기고 얼른 주임원사실을 나선다.

✵

시간이 흘러 오후가 되었다.

일과가 끝나갈 무렵 대한은 주임원사실로 향했다.

조민기는 주임원사실 의자에 앉아 있었는데 얼굴에 피곤함이 가득해 보였다.

그럴 만도 하지.

대대 울타리는 굉장히 넓었으니까.

대한을 본 주임원사가 반갑게 인사했다.

"충성. 오늘 하루 고생 많으셨습니다."

"충성. 주임원사님이 더 고생 많으셨습니다. 민기야, 먼저 생활관으로 복귀해라."

조민기는 대한의 말에 얼른 일어나 주임원사실을 벗어났다.

대한은 조민기가 나간 걸 확인한 후 그제야 주임원사에게 물었다.

"어땠습니까?"

"연기하는 것 같진 않습니다. 말씀하신 것처럼 밥 먹을 때를 제외하면 전혀 입을 안 엽니다."

흠, 그럼 정말 소심한 친구인 건가?

대한이 턱을 어루만지며 걱정하자 주임원사가 허허 웃으면서 말했다.

"허허, 너무 걱정하지 마십쇼. 군 생활 동안 저런 친구들 여럿 봤습니다. 처음에 저러다가도 점점 적응해 나갈 겁니다."

"저 정도로 대답 안 하는 애들도 있었습니까?"

"……다들 대답은 했는데 무튼 잘 적응했습니다."

어쨌든 대답 안 했다는 거잖아.

그래서 더 답답했다.

대답을 안 하니 대화를 시작할 수도 없으니까.

대한이 이어서 물었다.

"그나저나 데리고 다니실 만하십니까? 신경 쓰이시면 제가 데리고 있겠습니다."

"신경 쓰일 게 뭐가 있겠습니까. 괜찮습니다. 적응할 때까지 잘 맡아 드리겠습니다."

그렇다면야 뭐.

대한은 거절하지 않고 얼른 대답했다.

"그럼 한동안만 좀 부탁드리겠습니다."

"예, 들어가십쇼."

대한이 주임원사실을 빠져나온다.

여전히 풀리지 않은 미스테리에 찝찝해하며.

※

한편 그 시각, 공중전화에 들어온 기태준이 어디론가로 전화를 걸었다.

"좀 찾아봤냐."

ㅡ당연히 찾아봤지. 근데 너 휴대폰은 어따 버려두고 이 번호로 전화하냐? 폰 잃어버렸냐?

"사정이 좀 있다. 그래서 뭐 좀 있었어?"

ㅡ아니, 아무것도 없던데? 평범해도 너무 평범해.

"친인척 중에 군인도 없고?"

ㅡ응, 없어.

이상하다.

분명 믿는 구석이 있으니까 저리 뻗대는 걸 텐데?

설마 거짓말인가?

아무리 다양한 군상의 인간들이 군에 들어온다지만 이게 거짓말이면 정말 황당할 것 같았다.

기태준이 잠시 고민하더니 이내 말을 이었다.

"혹시 너 아직 사무실이냐?"

—당연하지. 우리가 퇴근이 어디 있다고.

"미안하다. 괜한 질문이었네. 그럼 하나만 더 부탁하자 혹시 기무사에 스물여섯 살들만 좀 찾아봐 주라."

—뭔 부탁들이 다 이래? 너 진짜 기태준 맞냐?

"이상한 거 아는데 나중에 설명할게. 일단 찾아봐 줘라."

—하, 잠깐만.

수화기 너머로 키보드를 두드리는 소리가 들리더니 이내 동기가 말했다.

—3명 있네.

"그래? 그럼 혹시 그 사람들 중에 조민기랑 같은 학교 나온 사람 있냐? 아니면 같은 동네나."

—조민기랑 같은 학교…… 어? 하나 있다. 같은 학교 나온 사람이.

그 말에 기태준이 웃었다.

등잔 밑이 어둡다더니 기무사에 빽이 있었어?

그래서 대대장도 벌벌 기게 한다는 거였구만.

기태준이 입꼬리를 올리며 말했다.

"그 사람 번호 좀 불러 줘."

—010…….

기태준은 동기가 불러 주는 번호를 수첩에 받아 적었고 번호를 전부 불러 준 동기가 기태준에게 물었다.

―근데 넌 언제 복귀하냐?

복귀?

하긴 여기서 진짜 병장 때까진 있을 순 없는 노릇이니 복귀 각을 잡긴 해야 했다.

하지만 아직은 아니다.

만약 복귀를 해도 대한이 보직을 옮길 때쯤 복귀를 할 생각이었다.

기태준이 잠시 생각하더니 답했다.

"글쎄, 한 7월쯤?"

―긴 출장이네. 그래, 알겠다.

"고맙다. 종종 연락할게."

―아니 그냥 하지 마. 끊는다.

동기가 먼저 전화를 끊어 버렸다.

그러나 기태준은 아랑곳 않고 수첩에 적힌 번호를 보며 피식 웃었다.

'설마 했더니 기무사 인맥 가지고 빽이라고 나댔던 거라니.'

이런 깜찍한 놈을 봤나.

그래도 완전히 거짓말은 아니라 참 다행이었다.

이렇게 증거가 있으면 조민기를 다루기 더 쉬워질 테니까.

'이왕 빽을 둘 거면 다른 곳에 두지 그랬어.'

기태준이 가벼운 발걸음으로 생활관으로 올라갔다.

그러자 거기엔 하루 종일 주임원사에게 시달렸던 조민기가 인상을 쓰며 침대에 누워 있었다.

그 모습을 본 기태준이 침대를 툭툭 차며 말했다.

"야, 일어나."

"……미쳤냐?"

"미친 건 네 태도가 미친 거고.. 얼른 일어나라."

조민기가 일어날 기미가 안 보이자 기태준은 그냥 힘으로 일으켜 앉혔다.

자식.

한팔로 당겼는데 바로 당겨지는 걸 보니 몸도 참 종잇장처럼 가볍다.

그러자 당황한 조민기가 벌개진 얼굴로 무어라 쏘아붙이려 했으나 그러기도 전에 기태준이 수첩에서 종이 한 장을 찢어 내밀었다.

"이것 좀 봐라."

"이게 뭔데?"

조민기는 빼앗듯이 종이를 빼앗아 거기에 적힌 번호를 봤다.

그리고 이내 지진이라도 난 것처럼 눈동자가 흔들리기 시작했다.

그 모습을 본 기태준이 피식 웃으며 말했다.

"이게 네가 말한 그 빽이지? 난 뭐 어디 대단한 빽이라도 둔 줄 알았더니 겨우 이거였냐? 이 정도 빽은 누구나 다 있어. 기무사면 대단한 줄 알았지? 뭐, 이해는 한다. 네 나이대에 기무사 간 거면 대단한 거긴 하지."

최연소는 본인이었지만 스물여섯 살에 기무사에 들어간 것도 대단하긴 했다. 하지만 고작 그거 하나 믿고 군 생활을 개판으로 하는 건 절대로 이해해 줄 수가 없었다.

기태준의 말이 이어졌다.

"근데 그 대단한 친구가 너 때문에 곤란하게 되면 과연 끝까지 의리를 지킬까? 그러니까 생각 잘해. 이번이 마지막 기회야. 안 그럼 내가 네 친구를 곤란하게 만들 수도 있어."

기태준은 여전히 미소를 잃지 않고 최대한 친절하게 설명해 주었다.

하지만 그래서였을까?

조민기는 여전히 감을 잡지 못했다.

"……이빨 까고 있네."

"뭐?"

"이 번호를 어디서 구했는진 모르겠지만 지랄하지 마라. 내가 너 같은 놈을 어디 한두 명 본 줄 알아?"

"그래?"

참 신기하네.

나 같은 사람을 또 봤다고?

집안 전체가 기무사인 사람은 흔치 않을 텐데.

하지만 할 거면 확실히 하자는 생각에 기태준은 당황하지 않고 종이를 회수해 품에 넣으며 말했다.

"그럼 잠시만 기다려라."

말을 마친 기태준은 생활관을 벗어났다.

그사이, 조민기는 불안함에 미친 듯이 손톱을 물어뜯었다.

'이미 엎질러진 물이야. 이왕 이렇게 된 거 끝까지 버텨야 해……!'

이제 와서 꼬리 내리기도 쪽팔렸다.

그렇기에 한번 잡은 컨셉을 끝까지 밀기로 다짐했다.

얼마 뒤, 기태준이 생활관으로 다시 돌아왔다.

그런데 기태준의 손에 휴대폰이 들려져 있었다.

"너 뭐야, 네가 뭔데 휴대폰을 들고 있어?"

"당직사령님한테 빌려온 거니까 이상한 생각 말고, 잠시만 기다려라."

기태준은 당직사령관의 폰으로 번호의 주인에게 전화를 걸더니 이내 스피커 폰으로 바꾼 후 조민기에게 턱짓해 보였다.

그러자 조민기가 조심스럽게 말했다.

"어, 나, 나야. 민기."

－야이 개새끼야! 너 지금 거기서 뭐 하는 거야? 감히 날 팔아? 너 미쳤냐?

갑작스럽게 쏟아지는 폭언.

당연했다.

밖에 나가서 이미 번호의 주인과 전화 한 통화를 마치고 온 상태였으니까.

그렇기에 조민기의 얼굴이 새하얗게 질렸다.

"아, 아니. 그게 아니라⋯⋯."

─아니긴 뭐가 아니야! 하, 시발, 이 새끼 허세 부릴 때부터 진작에 알아봤어야 했는 건데. 하⋯⋯ 이런 병신 같은 새끼.

쏟아지는 폭언에 조민기는 정신을 못 차렸다. 그러다 이내 궁지에 몰린 쥐처럼 이내 적반하장으로 화를 내기 시작했다.

"너, 너만 믿고 군 생활하라며! 대령이고 중령이고 너만 보면 다 기어 다닌다며!"

─그건 네가 부당한 일을 당했을 때나 해당되는 말이지, 이 병신 새끼야! 하, 됐다. 그냥 다시는 연락하지 마라. 넌 이제 손절이다.

그 말을 끝으로 전화는 끊어졌고 생활관에는 침묵만이 흘렀다.

침묵 끝에 기태준이 웃으며 전화기를 회쉬했다.

"빽 더 있냐? 있으면 말해. 지금처럼 다 찾아와서 네 눈앞에서 다 박살 내줄 테니까."

그 말에 조민기는 할 말을 잃었다.

이 자식은 뭐지?

뭔데 이런 게 가능한 거지?

혼란스러웠다.

아니, 슬슬 군대가, 아니, 기태준이 무섭게 느껴지기 시작했다.

조민기가 말없이 고개만 푹 숙이고 있자 여태껏 웃음을 유지하던 기태준이 얼굴에 웃음기를 싹 지우고 말했다.

"조민기."

"어, 어?"

"자식이 아직도 정신을 못 차렸네."

"무, 뭐?"

기태준이 수첩을 꺼내 조민기의 맞은편에 앉으며 말했다.

"아직도 상황 파악이 안 되나 보네. 군대가 만만하지? 보아하니 입대 전에 미리 부모님이랑도 말을 맞추고 들어온 모양인데 네가 이러면 군에서 무사할 수 있을 것 같냐?"

"무, 뭐? 너 설마 우리 부모님한테도 전화한 거냐?"

"알아서 술술 부네."

기태준은 수첩에 무엇인가를 적어 내려가더니 이내 수첩을 탁 덮으며 말했다.

"조민기."

"어, 어?"

"자식이 아직도 대답 똑바로 안 하네? 넌 네가 지금 어떤 처지인지 감이 안 오지? 일부러 부모님과 짠 거부터 시작해서 간부들 부름에 대답 안 하고 나한테 반말하고 욕한 것 등등 싸그리 모아서 영창 보내 줘? 참고로 우리 부대는 그런 거에 얄짤없어. 예전에 말년병장도 하나 육군 교도소에 집어넣은 전례가 있거든."

"……!"

육군 교도소란 말에 조민기의 눈이 접시 만큼 커졌다.

"심지어 그 병장은 우리 소대장님이 보냈어. 구라 같으면 직접 가서 한번 여쭤보던가. 그러니까 잘 생각해. 지금부터라도 주제 파악하고 납작 엎드려 군 생활하든지. 아님 끝까지 자존심 부리며 육교로 가든지. 참고로 모두가 널 주시하고 있다. 내가 네 맞선임이라 내 선에서 해결하겠다고 커버 쳐 놓은 상태인데 내 말이 구라 같으면 어디 한번 나한테 도전해 봐."

진짜 거짓말은 어느 정도의 진실을 섞어야 더 그럴 듯해진다.

그렇기에 조민기는 여태 본 것 중에 가장 창백해졌고 이내 대답할 수밖에 없었다.

"내, 내가 잘할게."

"할 게? 내가 네 친구냐?"

"하, 하겠습니다……!"

"그래? 믿어도 돼?"

"예, 예. 그렇습니다."

"목소리 봐라, 믿어도 되냐고."

"예! 그렇습니다!"

우렁차게 대답하는 조민기.

군기 바짝 든 그 모습에 기태준이 환하게 웃는다.

기태준이 조민기의 실체를 밝히고 난 다음 날.

기태준은 대한이 출근하자마자 조민기를 간부 연구실로 데리고 갔다.

그리고 대한을 발견하자마자 조민기가 우렁차게 경례했다.

"충! 성!"

"……충성."

어제와는 확연히 달라진 모습에 대한이 깜짝 놀란 표정으로 경례를 받아 주었다.

그리고 이내 놀란 표정으로 기태준을 바라보았다.

"……뭐야, 뭘 어떻게 한 거야?"

"그냥 대화를 좀 나눴을 뿐입니다. 소대장님 말씀대로 사람 대 사람으로서 이야기해 보니 말이 좀 통한 것 같습니다."

기태준은 씩씩하게 대답했으나 대한은 그런 기태준을 보고 조금 어이가 없었다. 하지만 좋은 게 좋은 거라고 이내 기태준과 조민기의 어깨를 툭툭 쳐 주며 말했다.

"그래도 좋은 게 좋은 거라고 고생 많았다. 그럼 오늘부터 정상적으로 생활할 수 있는 거네?"

"예, 그렇습니다. 나머지 것들은 제가 확실하게 가르쳐 놓겠습니다."

"좋다, 그럼 이따 일과 시작할 때 보자."

"예, 그럼 먼저 가 보겠습니다. 충성."

"어, 그래."

먼저 간부 연구실을 나가는 두 사람을 보며 대한은 피식 웃음을 터뜨렸다.

대체 비결이 뭘까?

하지만 이 이상 궁금해하지 않기로 했다.

너무 많은 걸 궁금해하면 오히려 일이 귀찮아질 수도 있다는 게 대한의 지론이었으니까.

'그냥 지금 이대로에 감사하자.'

대한이 콧노래를 흥얼이며 일과 준비를 시작했다.

✳

그로부터 며칠 뒤 설날.

대한은 부대에서 차례를 지내고 난 뒤 간부 연구실에 앉아 휴대폰을 꺼내 들었다.

명절이 됐으니 또다시 안부 전화를 돌려야 했기 때문이다.

심지어 이번에는 지난 명절 때와는 달리 전화해야 될 사람도 늘었다.

대한은 목소리를 가다듬은 뒤 전화를 시작했다.

첫 타자는 추지훈 소장이었다.

-어, 김 소위! 잘 지냈어?

"충성! 명절 잘 보내시기 바랍니다. 소장님."

―하하, 이런 건 누가 가르쳐 주더냐? 이원영이?

"딱히 가르쳐 주신 적은 없으셨는데 선배님들을 깍듯하게 모셔야 한다고 생각하고 있었습니다."

―가정 교육을 잘 받은 모양이네. 그래, 부대냐?

가정 교육 칭찬 만큼 기분 좋은 게 또 있을까?

대한이 웃으며 말했다.

"예, 부대에서 차례 지내자마자 연락드렸습니다."

―아, 차례 지냈어? 근데 왜 원영이는 연락이 없지?

저번 명절 때와 같은 패턴.

그렇기에 이번에는 당황하지 않고 바로 대답했다.

"간부들과 대화 중이라 그런 것 같습니다."

―하핫, 장난이야, 장난. 그나저나 공문은 잘 봤냐?

"예, 잘 봤습니다. 잘 봐주셔서 감사합니다."

―그거 쓰고 내가 며칠을 눈치 봤는지 모른다. 그래도 여기 있는 장군들 중에 이제 김대한이 이름 세 글자 모르는 사람은 없을 테니 난 만족한다. 힘든 건 없지?

그 말에 대한은 감동했다.

말뿐일 수도 있지만 어쨌든 자신을 위해 힘써 준 건 사실이었으니까.

"예, 소장님 덕분에 편하게 군 생활 중입니다."

―편하다고? 흠, 편하면 안 되는데…… 원영이 보고 좀 굴리

라고 해야겠어.

"하하, 시키시는 대로 열심히 굴러 보겠습니다."

-굴린다니까 굴려 보라는 놈은 또 처음이네. 아무튼 이렇게 전화로라도 목소리 들으니까 반갑구나. 이런 날 아니라도 종종 전화하거라.

"예, 알겠습니다. 좋은 소식 생길 때마다 바로 연락드리겠습니다."

-그래, 몸조심하고.

"들어가십쇼. 충성!"

기분 좋게 전화를 마무리한 대한은 이어서 엄두호에게도 전화했다.

엄두호도 공문을 재밌게 봤는지 대한의 성과를 칭찬했다.

그 이후로도 몇 명의 사람들에게 더 전화를 돌렸고 그들 모두 한 명도 빠짐없이 공문 이야기를 꺼냈다.

덕분에 대화하기가 편했다.

'훈련 한번 잘해 놨더니 명함이 하나 생긴 기분이네.'

안부 연락을 마친 대한은 소대원들이 있는 생활관으로 이동했다.

"뭐 하냐?"

"어, 충성! 소대장님, 퇴근 안 하셨습니까?"

옥지성은 티비를 보다가 대한에게 경례했고 대한이 그 옆에 앉으며 말했다.

"슬슬 퇴근해야지? 근데 너희들 뭐 먹고 싶은 거 있냐?"

"앗, 왜 그러십니까?"

옥지성의 은근한 어조.

그 표정에 대한이 피식 웃으며 말했다.

"명절이잖아. 이따 저녁에 좀 사다 주려고 했지. 배달은 안 돼도 포장은 될 거 아냐."

"역시 소대장님이십니다. 그럼 전 튀긴 거 아무거나 주시면 감사히 절하고 먹겠습니다."

"종합은 좀 하고 말해라. 그럼 치킨 사 오고 나머지는 내가 알아서 사 올게. 잘 쉬고 좀 이따 보자."

"예! 조심히 다녀오십쇼!"

생각지도 못한 배달 음식 소식에 소대원들이 기쁨의 춤을 춘다.

그 모습을 보니 대한도 기분이 좋아졌다.

대한은 그대로 막사를 빠져나와 집으로 향했고 집에 도착하자 엄마가 반갑게 대한을 맞아 주었다.

"차 안 막혔어?"

"응, 다들 차례 지내는지 아직은 여유롭더라."

"다행이네. 밥은?"

"같이 먹으려고 안 먹고 왔어."

"잘했어. 조금만 기다려."

대한은 방에 짐을 내려놓고는 곧장 민국이의 방으로 들어갔다.

민국이는 대한이 온 것도 모른 채 헤드셋을 쓰고 게임에 빠져 있었다.

대한이 헤드셋을 벗기며 말했다.

"뭐 하냐?"

"앗, 놀래라. 형 언제 왔어?"

"방금. 근데 너 원래 게임도 했었냐?"

"아니 안 했지. 근데 애들 다 피시방만 다니길래 나도 같이 다닐 겸 해서 이제라도 연습하는 거야."

민국이는 대수롭지 이야기했지만 대한은 묘하게 그 말이 마음에 걸렸다.

민국이가 게임을 안 했던 건 공부만 해서가 아니었다.

집에 컴퓨터도 없고 피시방 갈 돈도 없었기 때문이다.

'하긴, 다들 태블릿으로 인강 들을 때 민국이 혼자 내가 쓰던 pmp를 썼으니…….'

그렇기에 그저 동생의 어깨를 두드리며 응원해 주었다.

"뭐든 잘해 봐라, 애들한테 털리고 다니지 말고."

"걱정도 팔자야, 나 원래 게임 잘해."

정말일까?

대한은 조용히 동생의 게임을 지켜보았다.

그런데 아무리 봐도 영 소질이 없어 보였다.

"잘하는 거 맞냐? 아까 전에는 네가 거기서 합류를 했었어야지."

　"아니, 정글이 근처에 있는데 내가 왜 가? 이건 정글 탓이지."

　결국 게임에서 졌다.

　혹시나 하는 마음에 동생 계정의 전적을 보니 패배로 도배되어 있었다.

　"너도 못 하는 게 있구나."

　"……나 안 해."

　"삐지지 말고."

　"됐어, 안 그래도 슬슬 흥미 떨어지던 참이야."

　민국이가 헛기침을 하며 컴퓨터를 끈다.

　그러더니 거실로 나와 소파에 앉았다.

　대한도 따라가서 옆에 앉았다.

　그렇게 티비를 보려는데 갑자기 민국이 폭탄 선언을 했다.

　"형, 나 진로 정했다고 형한테 말했던가?"

　"진로? 갑자기?"

　"엉."

　그 말에 대한이 몸을 돌려 고정했다.

　"뭐 할 건데?"

　"로스쿨 가려고."

　"로스쿨?"

　"어, 변호사 될 거야."

　"왜?"

"생각을 좀 해 봤는데 내가 변호사가 되는 게 형한테 가장 도움이 되겠더라고."

그 말에 대한이 헛웃음을 터뜨렸다.

"야, 변호사는 돈 주고 고용하면 되지, 뭘 나 때문에 변호사씩이나 되겠다는 거야?"

"쉽게 생각한 거 아냐. 원래 법조계 쪽으로 일하고 싶었어. 근데 이번에 마음을 굳힌 거고. 그리고 겸사 군법무관도 하고."

민국이는 계획이 다 있었다.

그래서일까?

갑자기 동생이 대견하게 느껴졌다.

사실 말로는 돈 주고 고용하면 된다고 했지만 가족만큼 든든한 아군도 없었기에 민국이처럼 똑똑한 애가 변호사로서 도와준다면 그 누구보다도 든든할 것 같다는 생각이 들었다.

'게다가 군법무관으로 오면 군 생활에도 도움이 되겠지.'

그때, 민국이가 어색하게 웃으며 말했다.

"그래서 말인데…… 내가 나중에 다 갚을 테니까 로스쿨 학비까지만 좀 부탁할게."

"부탁은 무슨, 변호사 시험만 붙어라. 사무실도 차려 줄 테니까."

"그래도 말은 해야지. 염치가 있는데."

저런 태도를 보면 민국이도 참 바르게 자랐다는 생각이 든다.

대한이 흐뭇함에 동생에게 헤드락을 걸며 말했다.

"아휴, 귀여운 자식. 그나저나 합격자 발표는 언제냐?"

"정시는 다음 주에 다 나올걸?"

"그래?"

민국이의 결과 때문에 물어본 게 아니었다.

옥지성 때문이었다.

가채점 결과는 넉넉했지만 그래도 이왕이면 좋은 결과가 나왔길 바랐으니까.

'적당히 성적 맞춰서 간댔으니까 붙긴 하겠지.'

이따 부대에 복귀하면 황재우를 불러 물어봐야겠다는 생각이 든다.

잠시 후, 엄마가 밥을 차리고 두 사람을 불렀다.

"밥 먹자."

"엄마, 민국이 로스쿨 간다는 거 들었어?"

"당연히 알고 있지. 같이 고민했는데?"

"아니, 이 집 사람들은 왜 얼굴을 봐야지만 알려들 주는 거야? 다들 휴대폰 없어?"

"우리 아들 반응이 좋잖아. 전화로 하면 이런 반응을 못 보니 어떻게 먼저 말해?"

"참 나."

그 말에 세 사람이 하하 웃는다.

대한은 건강해진 엄마의 모습에 더 크게 웃었다.

✳

설을 잘 보내고 다음 주.

대한은 병력들 몇 명과 함께 간부 연구실에 모여 있었다.

그중 옥지성이 특히 초조한 표정으로 대한에게 계속 질문했다.

"몇 시입니까, 소대장님?"

"아, 진짜 몇 번째 물어보는 거야? 아직 3분 남았어. 1분 남았을 때 말해 줄게."

대한의 짜증스런 대답.

하지만 그럼에도 옥지성이 재촉하는 건 다름 아닌 오늘이 옥지성의 대학 합격 발표일이었기 때문이다.

옥지성은 고민 끝에 결국 간호사가 되기로 결심했다.

그래서 지원한 과도 전부 간호학과뿐.

대한이 황재우에게 물었다.

"전부 붙을 만한 대로 썼지?"

"예, 그렇습니다. 더 이상의 수능은 없다고 하셔서 무조건 갈 수 있는 곳으로만 지원했습니다."

옥지성의 의지는 확고했다.

군대에서야 분위기가 조성됐으니 공부가 됐다지만 밖에서는 혼자 해야 하니 도무지 재수 할 자신이 없었다.

그렇기에 대한도 옥지성이 반드시 유종의 미를 거두었으면 했다.

그렇게 합격 발표를 1분 남긴 시점.

간부 연구실 중앙을 빙글빙글 돌던 옥지성이 간부 연구실을 나갔다.

"아, 진짜 못 보겠습니다."

"야야, 확인은 해야지."

"소대장님이 확인해 주십쇼."

"내, 내가?"

"부탁 좀 드리겠습니다."

이내 합격 발표 시간이 되었고 옆에서 황재우가 대한에게 말했다.

"소대장님, 시간 다 됐는데 한번 눌러 보십니까?"

"하…… 나도 떨려서 못 보겠네, 그냥 재우, 네가 해라."

대한은 일부러 황재우에게 휴대폰을 넘겼다.

그러자 황재우가 모두를 대표해 심호흡을 한 뒤 확인 버튼을 눌렀다.

이윽고 결과가 떴고 그것을 본 모두가 숨을 죽였다.

간부 연구실이 조용하다.

그 조용함에 옥지성이 조용히 간부 연구실 문을 열었다.

"왜, 왜 이렇게 다들 조용합니까? 어떻게 됐습니까?"

"지성아……."

대한의 촉촉한 목소리.

그 목소리에 지성의 눈도 촉촉하게 젖어들어 갔다.

"소대장님 설마……."

"합격했다."

"예?"

"합격했다고 자식아!"

"와!"

합격 소식에 옥지성이 스프링처럼 튀어오른다.

동시에 모두들 자리에서 일어나 얼싸 안고 뛰기 시작했다.

"아, 진짜 심장 쫄려 뒤지는 줄 알았습니다!!"

"하하, 그러게나 말입니다. 정말 군대에서도 대학을 갈 수 있을 줄 몰랐습니다."

"고생했다, 다들! 오늘 맛있는 거 먹자!"

"햄버거 먹어도 됩니까?!"

이것보다 더 기쁜 소식이 있을까?

얼마 뒤 동생도 합격했다는 문자가 왔다.

모두가 행복한 날이었다.

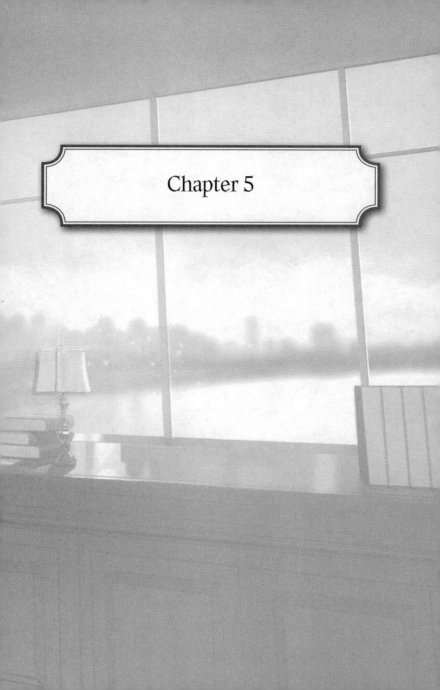

Chapter 5

회식 자리는 금방 만들어졌다.

황재우가 원하는 햄버거부터 피자에 치킨까지.

깔린 음식들 앞에서 옥지성이 감회가 새롭다는 듯 말했다.

"재우야, 네 덕분에 내가 대학이란 걸 다 가 본다. 넌 내 평생 스승님으로 모실게."

"하하, 옥 병장님이 열심히 하신 결과 아니겠습니까. 고생 많으셨습니다."

이어서 최종찬을 보며 말했다.

"종찬아, 너 없었으면 내가 그 고통스러운 시간을 버티지 못했을 거다. 고맙다."

"저도 옥 병장님 덕분에 더 공부 잘할 수 있었습니다. 대학

가서도 잘하셨으면 좋겠습니다."

시선은 대한에게로 옮겨졌다.

그 뜨거운 시선에 대한이 말했다.

"됐어, 인마. 무슨 시상식 하냐?"

"……소대장님 한번만 안아 봐도 됩니까?"

"아니, 안기만 해. 안는 순간 성군기 위반으로 바로 영창 보낸다."

"하지만 소대장님께 제일 감사드리고 있습니다. 덕분에 대학도 합격해 보고 진짜 뿌듯합니다."

그 말에 대한이 옥지성의 어깨를 두드려 주며 말했다.

"나야 말로 고맙지. 군 생활하기도 바빴을 텐데 나 때문에 공부도 같이한 거니까. 아무튼 다들 잘해 줘서 참 고맙다."

그렇게 훈훈한 분위기 속에서 회식이 이어 가길 얼마간, 대한이 피자를 먹으며 옥지성에게 물었다.

"그나저나 전역이 언제냐? 5월이지?"

"예, 맞습니다. 얼마 안 남지 않았습니까?"

"정말 얼마 안 남긴 했네. 근데 휴가는 얼마나 있냐? 설마 휴가도 얼마 안 남은 건 아니지?"

"에이, 아닙니다. 공부하느라 휴가를 못 써서 아직 많이 남았습니다. 못해도 한 달은 나갈 수 있습니다."

대한이 달력을 확인하며 물었다.

"수업을 다 듣는 건 무리라도 오티랑 엠티는 가야지?"

"아, 그거 꼭 가야 합니까?"

옥지성이 멋쩍은 표정으로 머리를 긁적이자 대한이 어이없다는 듯 물었다.

"혹시 나이가 많아서 부끄럽냐?"

"사실 좀 그렇습니다. 아는 사람도 없는데 제가 가서 뭘 하겠습니까."

"얘가 뭘 모르네. 오티랑 엠티 안 가면 너 대학 생활 4년 내내 외로울 걸? 그리고 넌 나이가 많은 것도 아니다. 너한텐 비장의 뭐기가 있잖아."

"비장의 무기 말씀이십니까?"

"그래, 비장의 무기. 넌 군필이잖아. 다른 남자 동기 애들이 군대 갈 때 넌 매년 꾸준하게 후배들을 만날 수 있어. 당연히 동기들이랑도 계속 연락하며 지낼 수 있고. 근데도 안 갈 거냐?"

그 말에 옥지성이 잠시 미간을 좁히더니 이내 얼굴을 활짝 폈다.

"아, 생각해 보니 꼭 가야 될 것 같습니다. 복학생 오빠가 아니라 군필 새내기면 나중에 아저씨 취급받을 일도 없지 않겠습니까?"

"그건 네 얼굴 상태에 따라 다른 거고. 아무튼 꼭 가라."

대한이 계속 달력을 확인하며 말했다.

"개강하는 주에도 수업 들어가고 중간고사 기간에도 시험 치고 오면 되겠다."

"예? 휴가 나가서 또 시험 치고 옵니까?"

"그럼 시험 안 칠 생각이었어? 학점 개판 치려고?"

"그건 아닌데……."

옥지성은 휴가가 아까운지 연신 고개를 내저었지만 대한에겐 아직 옥지성을 강제할 수 있는 카드가 있었다.

"장학금 받기 싫은가 보네? 키다리 아저씨 재단은 학점 많이 본다. 관리 잘해라."

"휴가 동안 열심히 대학교에서 공부하고 오겠습니다!"

"자식이 진작 그럴 것이지. 좀 있다 번호 줄 테니까 네 계좌 번호랑 대학교 등록금 입금 계좌 보내 놔. 생활비랑 등록금은 알아서 주실 거야."

당연히 번호는 오정식의 번호였다.

이로써 옥지성의 대학 생활도 어느 정도 해결된 셈.

대한은 세 사람을 간부 연구실에 놔둔 채 옥지성의 휴가를 더 얻어 주러 인사과로 향했다.

그런데 인사과에 도착하자 세상 심각한 얼굴의 고종민을 볼 수 있었다.

대한이 말했다.

"충성."

"……어, 왔어?"

목소리도 착 가라앉은 게 보통일은 아닌 모양.

모니터에 시선이 고정된 고종민에게 대한이 물었다.

"무슨 일 있으십니까?"

"별건 아니고 그냥 내 경쟁자들 보고 있었어."

"다른 대대 동기들 말씀이십니까?"

"어. 내가 이번에 단장님 눈에 들었긴 하지만 얘들은 이전부터 잘하던 애들이란 말이야. 그래서 그냥 종우처럼 미리 취업 준비나 하는 게 정답이 아닐까 싶어서."

이건 또 뭔 소리야?

기껏 판을 다 깔아 놨는데 왜?

하지만 대한은 고종민의 심정을 잘 알기에 어른의 마음으로 위로해 주었다.

"너무 걱정하지 마십쇼. 단장님이 알아서 잘해 주실 겁니다."

"그러면 좋겠는데…… 그래도 걱정을 안 할 수가 없네."

이원영이 고종민을 밀어줄 걸 아는 대한은 입이 근질근질했다.

하지만 그렇다고 말할 순 없었다.

말하는 순간 이원영이 고종민을 밀어줄 수 없게 될 테니까.

'지휘 추천만큼 논란이 큰 것도 없지.'

하급자들 입장에서는 인생이 달린 문제였다. 그러니 아무리 가까운 사이라도 입단속해야 할 건 해야 했다.

그때, 대한에게 좋은 생각이 떠올랐다.

"선배님, 그럼 이참에 눈도장이나 한번 더 찍어 보시는 게 어떻겠습니까?"

"눈도장? 어떻게?"

"이참에 요리 대회나 한번 더 계획해 보시죠."

"요리 대회? 쓰읍…… 그거 괜히 해서 단장님이랑 대대장님 싸움만 붙이는 거 아닐까?"

일리는 있었다.

이미 전적이 있었으니까.

하지만 그런 문제야 미연에 방지하면 그만이다.

"그럼 이번에는 가족들을 초대해서 심사하게 하는 게 어떻겠습니까?"

"단장님이랑 대대장님 가족분들?"

"예, 그럼 절대로 못 싸우실 겁니다."

다른 사람은 몰라도 적어도 이원영은 설치지 못할 것이다.

얼마 전까지만 해도 아팠던 아내 앞에서 그런 추태를 보일 순 없을 테니.

고종민은 대한의 말을 듣고 잠시 고민하더니 고개를 기울였다.

"그런데 부부 동반은 좀 리스크가 있는 거 아니냐? 사이 안 좋으시면 어떻게 하려고."

쯧쯧.

자신이 모시는 지휘관들을 이렇게 몰라서야.

대한이 속으로 고개를 저으며 말했다.

"그럴 일 없을 겁니다. 저 믿으시지 않습니까?"

"너야 내가 완전히 신뢰하고 있지."

"그럼 부부 동반 말고 가족 동반으로 해서 한번 계획해 보십쇼. 계획 짜서 대대장님께 들고가시면 바로 단장님한테 보고하러 올라가실 겁니다."

그 말에 고종민이 비장한 표정을 지으며 고개를 끄덕였다.

"좋아, 바로 계획서 만들어 볼게. 근데 그럼 두 분 가족들만 초대해?"

그 물음에 대한은 잠시 고민했다.

생각해 보니 규모를 좀 더 키워도 되겠다는 생각이 들어서였다.

'다들 여기가 어떤지 궁금하겠지?'

대한도 자연스럽게 엄마와 민국이가 떠올랐기에 금방 고민을 끝낼 수 있었다.

"희망하는 가족들에 한해서만 신청을 받으면 될 것 같습니다. 이참에 발전된 군대 음식도 먹어 보고 부대 구경도 하고 꽤 좋은 기회이지 않겠습니까?"

"흠, 그럴 것 같네. 우리 엄마도 내가 어떻게 일하는지 항상 궁금해하셨거든."

군인 가족들이 다 똑같지 뭐.

대한이 고종민의 말에 고개를 끄덕였다.

"지금까지 했던 대화 잘 녹여서 계획해 보시면 될 것 같습니다. 아, 대회는 한 4월 초쯤 하면 될 것 같습니다."

"그래, 날 좋을 때 오시게 해야지. 그런데 4월에 하면 의미 없는 거 아냐? 장기 결과 발표가 3월인데?"

"꼭 대회를 열어야 눈도장이 찍힌다고 생각하십니까?"

"……그럼 아냐?"

모르는 소리.

대회를 성공적으로 마친다면 끝나고 칭찬은 받겠지만 그 뒤로는 잊히기 바빴다.

하지만 계획을 잘 짜서 기대감을 심어 준다면 대회가 열리기까지 관심을 가질 수밖에 없을 터.

대한의 설명에 고종민이 순수하게 감탄했다.

"넌 어째 나보다 사회 생활을 더 많이 해 본 것 같냐?"

"그냥 좀 더 고민한 것뿐입니다. 계획 짜는 데 오래 걸리십니까?"

도와줄 요량으로 물어본 것이다.

그러나.

"금방 하지."

여유롭게 대답하는 고종민.

이 모습을 보니 고종민도 꽤 성장했다는 게 새삼스레 느껴졌다.

대한이 입꼬리를 올리며 말했다.

"그럼 제가 마실 거 하나 사 오겠습니다. 마무리하고 담배나 피우러 가시죠."

"어어, 천천히 다녀와."

대한은 곧장 피엑스로 가서 음료수를 사서 인사과로 돌아왔고 그 10분 남짓한 시간에 고종민은 초안을 완성해 놓았다.

"한번 봐줄래?"

계획을 확인한 대한이 고개를 끄덕였다.

구성도 깔끔하고 이 정도면 괜찮아 보인다.

"이 정도면 괜찮은 것 같습니다."

"그럼 담배 한 대 피우고 나머지 정리해서 바로 대대장님께 보고 들어가야겠다."

"이젠 이런 것도 금방 만드십니다?"

"야, 이때까지 처리한 서류가 몇 갠데 이 정도는 껌이지."

대한과 고종민이 낄낄대며 인사과를 벗어난다.

✖

한편.

이원영이 단장실 의자에 누워 눈을 감고 한숨을 내쉬었다.

'다들 군 생활 하루 이틀 한 것도 아닌데 왜 이리 생각들이 짧은 건지.'

이원영이 지친 이유.

별게 아니었다.

오늘 웬종일 부하들의 보고만 받았는데 하나 같이 일처리가 마음에 들지 않아서였다.

이원영은 원래 이런 것에 스트레스를 받지 않는 사람이었다.

이 부대로 오기 전까진 부하들이 미흡하면 본인이 직접 일을 처리하는 편이었으니까.

하지만 대한을 만나고 나서부턴 생각이 좀 바뀌었다.

원래 하급자에게 기대를 일절 하지 않는 게 이원영이었으나 대한을 보고 나니 자연스레 다른 하급자들에게도 기대가 생겼다.

하지만 그건 너무 큰 바람이었나 보다.

다들 대한이만 못 했고 기대가 큰 만큼 실망도 크게 돌아왔다.

그때, 누군가 단장실의 문을 두드렸다.

"대대 인사과장입니다. 들어가도 되겠습니까?"

"대대 인사과장? 어, 들어와라."

이원영이 따로 부른 것도 아닌데 대대 사람이 직접 단장실로 찾아온다니.

흔한 일은 아니었다.

따로 박희재에게 전달받은 말도 없었기에 무슨 일이 있나 싶어 긴장하기 시작했다.

'설마 사고 친 건 아니겠지?'

대대 인사과장이라면 본인도 잘 안다.

이번 대침투 작전에서 훈련 우수자로 지정된데다 추지훈이 직접 대한이의 파트너로 찍은 놈이었으니까.

이원영의 허락에 이내 고종민이 단장실로 들어왔다.

"충성!"

"어, 대대 인사과장이 여긴 어쩐 일이냐?"

"보고드릴 게 있어서 왔습니다."

"보고?"

"예, 그렇습니다."

"뭔데 이리 가져와 봐."

또 보고라니.

오늘은 그냥 마음을 비우는 게 맞을 것 같았다.

그런데 결재판을 열어 보니 제목에서부터 흥미가 돋기 시작했다.

"제 2회 공병단 요리 대회? 이걸 하겠다고?"

"예, 그렇습니다. 원래 더 일찍 계획하고 싶었으나 부대 일정이 바빠 빈 시간을 찾느라 좀 늦었습니다."

"흠, 일정이 바쁘긴 했지."

이원영은 천천히 계획서를 읽어 내려갔고 이내 간부들의 가족들이 참가할 수 있다는 내용을 확인했다.

"가족들을 부대로 오게 한다고?"

"예, 그렇습니다."

"심사위원도 가족들이 하고?"

"예, 그렇습니다. 병사들의 가족을 위한 자리는 이따금씩 마련되었는데 간부들의 가족을 위한 자리는 마련된 적이 잘 없지 않습니까. 게다가 요리 대회이니 만큼 실력 있는 요리들이 나올 테고 그럼 대접도 함께할 수 있게 되니 좋은 기회라고 생각됐습니다."

그 말에 이원영이 조용히 감탄했다.

확실히 일리가 있었기 때문이다.

이원영이 고개를 끄덕이자 고종민이 말을 이었다.

"그리고 마침 시기도 꽃이 피는 시기니 가족분들에게 저희 주둔지의 아름다운 모습을 함께 공유하는 것도 좋은 추억이 될 것 같습니다."

꽃구경!

그 말에 이원영은 순간 아내를 떠올렸다.

'생각해 보면 맨날 관사만 잠깐씩 들렀지 제대로 부대 구경을 시켜 준 적이 없었네.'

시간이 없어서 안 시켜 준 게 아니라 일부러 안 시켰다.

부대 구경을 시키다 보면 병사들이나 간부들과 마주칠 텐데 부대가 놀이터도 아니고 그런 모습을 괜히 보여 줬다 뒷말 나오는 게 싫어서 자제한 것이었다.

하지만 이렇게 된다면 이곳저곳 구경시켜 주기 좋을 터.

'수술 이후에 어디 놀러나 가려고 했건만 이렇게 판을 만들

어 주다니.'

이원영은 고종민이 계획을 가지고 온 타이밍이 참 적절하다고 생각했다.

그러다 문득 계획에서 대한의 냄새가 나는 걸 느꼈다.

'이놈이 설마?'

하지만 고종민에겐 대한에 대해서 묻지 않았다.

일부러 선배를 신경 써 준 것 같은데 그 배려를 무시할 순 없었으니까.

'진실은 나중에 확인해 보면 되겠지.'

이원영이 흡족하게 웃으며 말했다.

"좋은 계획이구나, 잘 발전시켰어. 이대로 진행하고 단에 있는 간부들에게도 알려 주거라."

"예! 알겠습니다!"

이원영이 펜을 들고 계획서에 서명해 주었고 단번에 통과받은 고종민이 치솟는 광대를 애써 참았다.

한 큐에 통과받은 고종민이 날아가듯 대한에게 달려갔다.

"대한아, 단장님이 엄청 좋아하시더라. 바로 서명까지 받아 왔다."

"축하드립니다, 선배님이 보고를 잘하신 것 같습니다."

"아니야, 네 덕분에 마음이 한결 편해졌어. 이게 다 네 덕분이다."

드디어 고종민의 얼굴에 웃음꽃이 폈다.

그렇기에 대한도 슬슬 인사과에 방문했던 목적을 언급했다.

"선배님, 그런 의미에서 저도 부탁 하나만 드려도 되겠습니까?"

"부탁? 뭐든 말만 해라, 네 부탁이면 하늘의 별이라도 따다 줄 테니."

"하핫, 하늘의 별까지는 필요 없고 이번에 저희 소대원 중에 대학에 합격한 친구가 하나 있는데 휴가 좀 만들어 주십쇼."

"아, 당연하지! 대대장님이 그거 챙겨 주신다고 하셨잖아. 지금 내려가서 바로 만들어 줄게."

"아, 그거 말고도 좀 더 만들어 주십쇼."

"……응? 어떻게?"

"그건 저도 잘 모르겠습니다."

그것까지 내가 알려 줘야 되나?

알아서 잘하란 소리였다.

'양심이 있으면 이 정도는 알아서 해야지.'

가는 게 있으면 오는 게 있어야 하지 않겠나.

대한은 당황하고 있는 고종민에게 옥지성의 상황을 설명했다.

"애가 오티도 가야 하고 수업도 들어야 하는데 휴가가 아슬아슬한 것 같습니다. 막 굴려도 되니까 하루라도 더 챙겨 주시면 감사하겠습니다."

"아……."

팔부능선을 넘었다고 생각했는데 산 넘어 산이었다.

고종민의 얼굴에 다시 먹구름이 드리운다.

✳

하지만 고종민은 은혜를 등한시하지 않았다.

그 증거로 옥지성의 휴가를 위해 각종 대회를 만들기 시작했으니까.

예컨대 표어나 포스터, 독서 감상문 대회 등등을 말이다.

물론 조작은 없었다.

전 군에 있는 대회들을 다 종합해서 박희재의 결재를 받아 대회를 개최했으니까.

그 과정에서 열심히 옥지성을 투입시켰고 휴가증을 타 낼 때까지 계속 굴렸다.

그 결과, 마침내 옥지성에게 휴가증 몇 개가 확보되었다.

그 눈부신 성과에 대한이 엄지를 치켜들며 말했다.

"역시, 선배님이십니다. 휴가를 이렇게 만들어 주시다니 정말 대단하십니다."

"아니, 그건 그렇고 걔는 대체 할 줄 아는 게 뭐냐? 어떻게 20명까지 휴가를 주는 대회인데 거기에 못 들 수가 있지? 여태 나간 휴가증만 120개다, 120개. 알아?"

고종민은 대회를 여는 내내 중대장들에게 욕을 먹었다.

그도 그럴 것이 병력들이 휴가를 많이 나갈수록 중대장들만 힘들어지니까.

지금도 이원영과 박희재가 뿌린 휴가가 감당이 안 될 정도였다.

전역을 앞둔 병장들이 휴가를 다 못 쓰고 나갈까 걱정할 정도였으니까.

하지만 대한은 별로 신경 쓰지 않았다.

애초에 대한은 병사들의 복지를 가장 많이 신경 쓰는 사람이었으니.

'억지로 끌려 왔는데 휴가라도 많이 챙겨 줘야 좋아하지.'

대한이 웃으며 말했다.

"그래도 선배님이 도와주셔서 그 정도라도 탄 거 아니겠습니까."

"말도 마라, 대신 해 준 건 없지만 옆에서 얼마나 가르쳤는지…… 난 개가 대학 붙은 게 더 신기하더라."

말은 이렇게 했지만 그새 정이 붙었는지 고종민은 옥지성을 살뜰히 챙겼다.

듣자 하니 내일 있을 오티에서 꿀리지 말라고 옷도 빌려주었다고 했다.

"선배님이 옷도 빌려주셨는데 오티 가서 잘하고 오지 않겠습니까. 내일 데려다주면서 어떻게 하는지 보고 오겠습니다."

"비싼 옷 빌려줬는데 당연히 잘해야. 휴가증 미리 만들어났으니까 가져 가."

"예, 휴가증 챙겨 가겠습니다. 다시 한번 감사드립니다. 선배님."

내일이 옥지성의 오티 날이다.

그래서 미리 휴가증도 만들어 준 거고.

대한도 그에 맞춰 휴가를 냈다.

첫 오티이니 만큼 직접 데려다 줄 생각이었기 때문이다.

이윽고 대한은 옥지성의 휴가증을 챙겨 생활관으로 향했다.

병력들은 작업을 마치고 개인 정비가 한창이었는데 대한이 옥지성에게 다가가 휴가증을 건네며 말했다.

"자, 휴가증 받아 왔다."

"헤헤, 드디어 휴가라니."

옥지성은 진심으로 기뻐했다.

그도 그럴 게 옥지성은 이때를 위해 거의 반년 동안이나 사회 구경을 못 했으니까.

헤실거리는 옥지성을 보며 대한이 어이없다는 듯 말했다.

"너 근데 오티 가기 싫다고 하지 않았었냐?"

"후후, 단톡방 보고 마음이 바뀌었습니다."

미래에는 일과가 끝난 후에도 휴대폰을 사용할 수 있지만 아직은 아니었다.

그래서 옥지성은 중대의 배려를 받아 박태록의 감시 하에 일과를 마치고 잠시 휴대폰을 사용하게 해 주었다.

그리고 그때부터 옥지성의 얼굴색이 황금색이 되었다.

수많은 간호학과 동기들의 프로필 사진을 보았기 때문이다.

대한이 고개를 저으며 말했다.

"어휴, 너도 참 너. 그나저나 과 대표가 내일 올 수 있냐고 물어보더라. 과 대표한테 신경 써 줘서 고맙다고 잘 말하고."

"예, 알겠습니다."

옥지성이 연락이 안 될 것을 대비해 대한이 과 대표와 연락을 하는 중이었다.

과 대표는 2학년 남자였는데 당연히 미필이었고 그래서인지 옥지성에게 각별한 관심을 가지고 있었다.

옥지성이 콧노래를 흥얼거리며 관물대에 붙은 거울로 구레나룻을 단장하자 그것을 본 대한이 다시 한번 한숨을 내쉬었다.

"야, 그런 것 좀 하지 마라. 그래 봤자 어차피 군인이라니까? 게다가 거기서도 너 군인인 거 다 안다며?"

"어허, 알아도 그루밍 하고 싶은 게 신입생의 마음 아니겠습니까."

그 말에 대한이 고개를 저으며 말했다.

"됐고, 내일 바로 간부 숙소 주차장으로 내려와."

"예, 알겠습니다! 푹 쉬십쇼!"

옥지성은 머리를 이리저리 넘겨 보며 어떤 머리가 제일 괜찮은지 후임들에게 물어보기 시작했다.

다음 날 아침.

대한은 차에 탑승한 채 옥지성을 기다렸다.

이윽고 옥지성이 등장했는데 옥지성의 표정이 매우 어두웠다.

가까이서 보니 그 이유를 알게 되어 대한이 웃음을 터뜨렸다.

"푸핫, 너 머리 밀렸냐?"

"하……."

애써 기른 머리였는데 결국 당직사령을 잘못 만나 밀리고 말았다.

옥지성은 체념한 듯 차에 타자마자 베레모를 벗었고 대한은 그 어느 때 보다 깔끔한 옥지성의 머리를 보며 크게 웃었다.

"이야, 참군인이다. 참군인. 누가 깎아 줬냐?"

"……2중대 보급관님이 직접 깎아 주셨습니다."

"이야 보급관님 실력 좋으신데? 근데 한 번쯤은 봐주실 만도 한데 기어코 미셨네. 너 내일 오티인 거 말 안 했냐?"

"당연히 말했습니다. 근데 군인이 오티 가는데 대가리가 그게 뭐냐고 정리 안 하면 휴가 출발 못 한다고 해서 억지로 밀린 겁니다."

"그러니까 내가 미리미리 정리 좀 해 놓으라고 했잖아."

"……불난 집에 부채질 그만하셨으면 좋겠습니다."

"부채질이라니, 오히려 컨셉을 아예 군인으로 잡고 가. 그럼 오히려 더 좋아할 수도 있어."

"하……."

대한은 옥지성의 절규를 무시한 채 강릉에 위치한 옥지성의 학교로 향했다.

한참 뒤, 학교에 거의 진입했을 때쯤 옥지성이 창 밖을 보며 아련한 표정으로 말했다.

"군 생활도 강원도에서 안 했는데 대학교를 강원도에서 다니게 될 줄이야……."

그 말에 대한도 옛날 기억을 떠올렸다.

그도 그럴 게 대한은 공병단에 있을 때와 교육기관을 제외하면 전부 최전방에서 근무를 했기 때문이다.

'강원도에서만 자그마치 10년을 있었었지.'

그러니 대한의 기준에서 강릉 정도면 후방에 가까웠다.

대한은 옥지성과 함께 학교를 돌아보고는 간호대학 앞에 주차했다.

"일찍 들어가. 늦게 들어가서 주목받는 것 보다 나을 테니."

"예, 그래야겠습니다. 데려다 주셔서 감사합니다, 매일 보고 드리겠습니다."

"됐어. 사고 치지 말고 잘 놀다가 와."

"걱정 안 하셔도 됩니다. 근데……."

"응?"

"……저 진짜 군인 같습니까?"

"어, 엄청. 그러니까 빨리 가라."

옥지성이 다시 죽상이 된다.

그때였다.

누군가 옥지성에게 알은척을 한 건.

"어? 혹시 이번에 저희 간호학과 신입생으로 들어오신다는 군인분……."

그 말에 두 사람의 시선이 남자에게로 향했다.

옥지성이 대답했다.

"누, 누구십니까?"

"아, 제가 윤승주입니다. 2학년 과 대표."

"아! 반갑습니다."

과 대표란 말에 두 사람 다 금방 경계를 풀었다.

그때 옥지성이 어색한 뉘앙스로 물었다.

"근데 저 프로필 사진도 없는데 어떻게 알아보셨습니까?"

"머리 보니까 바로 알겠던데요?"

"아……."

그 말에 대한이 웃음을 터뜨렸다.

"거 봐, 내가 뭐랬냐, 너 군인 같다고 했지? 반갑습니다, 제가 지성이 소대장, 김대한 소위입니다."

대한은 차에서 내려 먼저 시원하게 악수를 청했다. 그러자 윤승주도 얼른 악수를 받으며 대답했다.

"윤승주라고 합니다. 근데 영천에서 오신 거면 엄청 머실 텐데 원래 군대에선 소대장님이 데려다 주시는 건가요?"

"아뇨, 그건 아니고 그냥 지성이라서 특별히 챙겨 준 겁니다. 그러니 우리 지성이가 좀 적응을 못 해도 잘 챙겨 주세요."

"에이, 소대장님이 이렇게 챙겨 주실 정도면 지성이 형도 군대에서 잘하셨다는 거 아닐까요? 그나저나 저도 곧 군대 가야 하는데 참 걱정이네요. 가서 소대장님이나 지성이 형 같은 분들을 만나야 할 텐데."

윤승주는 본인이 선배였음에도 불구하고 꼬박꼬박 옥지성에게 형이라고 불러 주었다.

당연한 거긴 하지만 대학마다, 특히 간호학과나 체육계처럼 여전히 학과 내 군기가 존재하는 곳은 저러기가 쉽지 않은데 좋은 사람처럼 느껴졌다.

그래서 대한이 웃으며 말했다.

"그래도 요즘 군대 많이 좋아져서 편하게 있을 수 있을 겁니다. 쟤 보십쇼. 군대서 수능 쳐서 대학교도 오잖아요."

"하하, 공병은 그냥 빡센 줄 알았는데 생각보다 편한가 보네요. 그런 의미에서 의무병도 편했으면 좋겠습니다."

공병이 편하다니?

심지어 지금 의무병이랑 비교를 해?

대한은 순간 자리에서 즉석으로 공병의 역할에 대해 읊어 주려다가 겨우 참았다.

그러다 문득 의무병이라는 말이 머릿속에 꽂혔다.

'의무병?'

그 순간, 대한은 아직 일어나지 않은 사건 하나가 떠올랐다.

'생각해 보니 아직 의무병 살인사건이 일어나기 전이구나.'

의무병 살인사건.

그것은 대한민국을 뒤흔든 충격적인 군 내 사건들 중 하나로 요약하자면 가혹행위로 사람을 죽인 사건이었다.

군에 있으면서 이 사건을 모르는 사람은 없었고 심지어 대한은 인사 쪽에 있으면서 매년 사고 사례 교육으로도 언급한 사건이었다.

그렇기에 피해자가 어떤 사람인지도 정확하게 기억하고 있었는데 얼굴은 몰라서 알 수 없었지만 하필이면 눈앞에 있는 윤승주와 배경이 참 비슷했다.

그렇기에 대한은 잠시 고민한 끝에 말했다.

"혹시 군대서 힘든 일 있으면 바로 연락해요. 제 번호 알고 있죠?"

"아, 네. 그럼요. 꼭 연락드릴게요."

그 말을 들은 옥지성이 뿌듯한 표정을 지었다. 대한이 자신의 기를 살려 주려고 저런다고 착각한 것.

그래서 얼른 옆에서 한마디 거들었다.

"소대장님 진짜 잘나가시는 분이니까 꼭 연락하십쇼. 무조

건 도와주실 겁니다."

"하핫, 꼭 그럴게요."

물론 이 또한 예의상 한 말이었다.

아무리 윤승주가 미필이라도 군에서 소위가 어떤 존재인지
는 얼추 아니까.

하지만 대한은 그래도 마음이 놓이지 않았는지 한 번 더 당
부했다.

"진짜 꼭 연락하셔야 합니다. 제가 안부도 물을 거예요."

"네, 알겠습니다. 저도 지성이 형 잘 챙길게요."

이윽고 대한은 옥지성의 경례를 받아 준 뒤 학교를 벗어나
기 시작했다.

'노파심에 한 말이긴 하지만 영 불안하단 말이지.'

그래서 혹시 몰라 계속 기억해 두기로 했다.

이윽고 슬슬 학교를 빠져나올 때쯤, 대한은 문득 한 사람이
생각나 어디론가 전화를 걸었다.

"충진! 잘 지내고 계십니까?"

대한이 전화를 건 사람.

다름 아닌 천용득이었다.

천용득은 50사단에서 전방에 있는 5군단으로 보직 이동을
한 상태였다. 그래서 거기에 맞춰 5군단의 경례 구호로 경례를
한 것이고.

대한의 경례 구호에 천용득이 웃으며 대답했다.

-하하, 잘 지내고 있지. 어쩐 일이냐?

"지금 병사 하나 대학교 오티 데려다주면서 강원도에 왔는데 천 중령님 생각나서 연락드렸습니다."

-강원도라고? 어딘데?

"하하, 계시는 곳에서는 먼 곳입니다. 강릉입니다."

-에이, 멀다. 헬기 타고 보러 갈까?

대한은 천용득의 장난에 피식 웃으며 말했다.

"바쁘신데 시간 뺏을 순 없지 않겠습니까. 제가 나중에 군단으로 가겠습니다."

-참나, 나보고 여기 몇 년이나 있으란 소리냐? 됐다. 다른 곳으로 도망갈 거니까 찾아올 거면 지금 와.

"진짜 갑니까? 저 휴가라 시간 많습니다."

천용득은 대한의 도발에 웃음을 터트렸다.

-귀여운 자식, 이 깡촌까지 부르는 건 내가 미안해서 안 돼. 조만간 선배님 볼 겸 영천 한 번 가기로 했으니까 그때 보자꾸나.

"말씀만 해 주십쇼. 딱 준비하고 있겠습니다."

-그래, 그럼 이제 슬슬 용건을 말해 봐라.

천용득은 절대 대한이 그냥 전화할 거라고 생각하지 않았다.

그도 그럴 것이 본인과 대한이 아무리 친하다 하더라도 계급의 차이가 있었으니까.

'소위가 중령한테 심심하다고 전화하는 건 좀 그렇잖아.'

그 말에 대한이 웃으며 말했다.

"다름이 아니라 혹시 군단에 가혹행위 당했다고 마음의 편지 올라오는 것 없습니까?"

ㅡ가혹행위? 아직 확인된 건 없는데 뭐 때문에 그러냐.

뭐 때문이라.

설명하기가 참 애매했다.

이건 아직 벌어지지 않은 미래의 일이었으니까.

그래서 대충 둘러댔다.

"소대원 데려다 주고 나오면서 군 전역자들 이야기를 들었는데 28사단 출신 전역자가 가혹행위를 좀 많이 당했다고 들어서 혹시나 싶어 말씀드렸습니다."

천용득은 잠시 침묵하더니 이내 목소리를 낮추며 물었다.

ㅡ심하더냐?

"예, 조사해 볼 필요는 있을 것 같았습니다."

ㅡ가혹행위들이 점점 줄어들긴 하지만 심한 곳은 여전히 심하긴 하지…… 안 그래도 전방이라 관리가 힘들었는데 말년에 피곤하게 됐구만.

"하하, 그래도 진급하실 거면서 왜 그러십니까."

ㅡ진급은 무슨. 헌병 대령 자리가 어디 쉬운 줄 아냐?

"5군단 가셨으면 진급하시는 거 아닙니까?"

ㅡ어허, 어디 가서 그런 소리 하는 거 아니다.

그렇다고 대한의 말을 부정하진 않았다.

그래서 대한도 장단에 맞췄다.

"여부가 있겠습니까. 저만 알고 있도록 하겠습니다."

ー그래, 내 진급 떨어지면 네가 말하고 다녀서 그렇게 된 거라고 생각하마.

"예, 알겠습니다."

ー이놈이 뭔 장난을 이렇게 진지하게 받아? 재미없게. 무튼 걱정해 줘서 고맙고 오늘은 일정이 있어서 안 될 것 같다. 내일이나 모레 28사단에 한번 들러 보마.

"미리 예방하는 게 가장 좋은 것 아니겠습니까."

ー당연하다마다. 그래서, 이제 다시 내려가나?

"예, 슬슬 가보려고 합니다."

ー나중에 선배님한테 안부 좀 전해 주고 조심히 내려가거라.

"예, 알겠습니다. 승진!"

대한은 천용득과 전화를 끊고는 조용히 한숨을 내쉬었다.

혹시 몰라 천용득에게 약을 쳐 놓긴 했지만 그래도 불안한 건 사실이었으니까.

'이게 잡고 싶다고 바로 잡히는 것도 아니고.'

폐쇄적인 집단에서 비밀을 만들려면 얼마든지 만들 수 있다.

특히 군대가 그랬다.

그래서 대한은 엮어 걸리는 한이 있더라도 천용득이 미리 삭초제근 해 주었으면 했다.

'그래야 이 양반도 진급할 테니까.'

부대에 살인사건이 났는데 어떤 헌병이 진급할 수 있을까.

대한은 천용득도 오래 보고 싶었다.

한편.

대한의 전화를 끊은 천용득이 무거운 표정으로 자리에서 일어났다.

그리고 곧장 군단 참모를 만나기 위해 이동했다.

'대한이가 나한테 말할 정도면 심각한 수준이라는 거겠지.'

하지만 심각하다고 해서 바로 찾을 수 있는 건 또 아니었다.

가혹행위라는 건 대놓고 하는 게 아니었으니까.

그래서 뿌리 뽑기가 쉽지가 않다.

간부들이 없을 때만 행해지는 게 가혹행위였으니까.

그래도 경고하는 방법은 잘 알고 있었다.

천용득은 곧장 참모장실의 문을 열고 들어갔고 참모장이 천용득을 반갑게 맞았다.

"어, 천 중령. 무슨 일이야?"

"승진! 드릴 말씀이 있습니다."

"말해."

"야간에 사단 순찰 좀 다녀오겠습니다."

"……야간에?"

참모장은 천용득의 말에 당황할 수밖에 없었다.

"누가 시켰어? 난 들은 게 없는데?"

"자발적으로 하려고 하는 겁니다."

"아…… 뭐. 예방 차원인가?"

"예방은 물론 색출할 수 있으면 색출까지 해낼 생각입니다."

참모장이 놀라기도 잠시 이내 기특한 눈빛으로 천용득을 보았다. 그도 그럴 게 그가 봐온 중, 대령들 중에 천용득처럼 말하는 사람은 드물었으니까.

'대령 진급을 앞두고 열정이 있구만.'

참모장이 고개를 끄덕이며 물었다.

"그런데 왜 야간에 간다는 건가? 일할 거면 주간에 가지. 자네도 쉬어야 하지 않나."

"주간에는 절대 못 찾습니다. 야간도 점호 이후 시간대에 돌아다닐 생각입니다."

"점호 이후라…… 부대 지휘관들이 부담 좀 되겠는데?"

"상급부대 참모가 하급부대 지휘관 눈치보면 어떻게 일하겠습니까. 그래서 그것 좀 막아 주시면 좋겠다는 말씀드리러 온 겁니다."

내가 지시했다고 핑계를 대겠다?

생각하는 게 퍽 귀엽다.

그래서 피식 웃으며 말했다.

"자네 마음대로 하게. 가혹행위 찾는다는데 부담스러워하는 지휘관이 있으면 그 새끼부터 잡아 족쳐야지. 본인이 못 잡고 남이 잡아 주면 좋은 거 아니겠어?"

"저도 같은 생각입니다."

"그래, 뭐 그건 알아서 하고 문제 생기면 나한테 연결해."

"감사합니다. 승진!"

이로써 뒷배 준비는 끝.

기본 준비를 마친 천용득이 본격적으로 움직일 준비를 시작했다.

'이왕 하는 거 제대로 한번 뒤엎어 주고 시작해야겠군.'

이번에 못 찾아도 상관없었다.

대신 이번 일을 빌미로 강력한 경고가 될 테고 이후에 가혹행위가 적발되면 그땐 괘씸죄를 적용해서 더 확실하게 조질 수 있을 테니까.

천용득의 두 눈에 투지가 활활 타오른다.

✳

그로부터 며칠 뒤.

대한은 임관식 이후 처음으로 정복을 입고 출근하는 중이었다.

왜냐하면 오늘이 바로 작년도에 임관한 소위들의 진급날이었으니까.

'드디어 중위 진급이라니.'

시간 참 빠르다.

벌써 중위를 달게 될 줄이야.

잠시 후, 단에 도착한 대한이 지원과의 문을 열었다.

애초에 출근을 빨리하는 대한이었기에 지원과에 가장 먼저 도착할 거라고 생각했다.

하지만 지원과에는 대한보다 먼저 와 있는 인물이 있었다.

"충성!"

"어, 일찍 왔네?"

먼저 온 인물.

다름 아닌 오늘 진급식 행사를 주관할 인사장교인 차현수 중위였다.

대한에게 기강이 제대로 잡힌 후 대한만 보면 슬슬 피해 다녔었는데 하필 대한이 가장 먼저 지원과에 도착을 한 것이다.

이대로면 단 둘이 최소 30분은 있어야 했는데 어색함을 느낀 대한이 먼저 입을 열었다.

"커피 한잔 드립니까?"

"어, 어, 그럴까?"

대한은 믹스 커피를 한잔 만들어 차현수에게 건넸다. 차현수는 대한이 준 커피를 공손하게 받았고.

뭔가 웃긴 상황이었다.

하지만 크게 신경 쓰지 않고 차현수가 뭘 하고 있는지 슬쩍 확인했다.

그런데 참 가관이었다.

'당장 한 시간 뒤에 행사 시작인데 아직도 진급식 시나리오 수정을 하고 있네?'

한번 폐급은 영원한 폐급이라는 건가.

아님 굴려 주는 사람이 없어서 레벨이 안 오르는 건가.

'그에 비하면 우리 종민이는 천사지 천사.'

두 사람을 비교하기도 잠시, 대한은 이내 걱정이 앞서기 시작했다.

'근데 아직도 저런 상태면 이따가는 정신없어서 더 못 할 텐데.'

원래라면 무시했겠지만 오늘은 본인과 동기들의 진급식이었다.

그리고 군 장교들의 진급 중 가장 설레는 진급이 바로 소위에서 중위에 올라갈 때.

이미 한번 경험해 본 대한이었지만 여전히 마음이 설레는 건 어쩔 수가 없었다.

그래서 별로 내키진 않았지만 차현수를 도와주기로 했다.

"좀 도와드립니까?"

"으, 응?"

"보려고 본 건 아닌데 이따 행사 시나리오 만지고 계시길래 혹시나 해서 여쭤봤습니다."

그 말에 차현수는 고민하기 시작했다.

대한의 실력이야 이미 알고 있으니까.

하지만 자기가 눈치 보는 후배에게 도움을 요청하기엔 좀 쪽 팔린 감이 없잖아 있었다.

그러나.

'지금 내가 찬밥 더운 밥 가릴 때냐.'

차현수는 일찍 온 게 아니었다.

아직 퇴근을 못 한 거지.

그래서 자존심 부리지 않고 어색하게 웃으며 말했다.

"그럼 좀 부탁할게."

"그럼 잠시만 좀 앉겠습니다."

대한은 차현수 자리에 앉아 얼른 타자를 두드리기 시작했다.

그리고 얼마 지나지 않아 시나리오 수정은 물론, 차현수가 보기 편하게 디테일까지 수정을 마쳤다.

그것을 본 차현수는 또 한 번 감탄할 수밖에 없었다.

"이야…… 기가 막힌데?"

"보시고 수정할 거 있으면 더 수정하시면 됩니다."

"아냐, 수정은 무슨."

여기서 자신이 뭘 더 건드리는 것보단 이대로 쓰는 게 훨씬 더 나을 터.

대한도 고개를 끄덕였다.

그때, 차현수가 기지개를 켜며 다시 자리에 앉았다.

급한 불을 끄고 나니 그제야 긴장이 풀렸기 때문이다.

차현수가 웃으며 물었다.

"그나저나 진급식인데 안 떨리냐?"

"괜찮습니다."

"소위가 엊그제 같은데 벌써 중위라니 시간 참 빨라. 안 그러냐?"

대한이 먼저 도와준다고 해서 그런지, 차현수는 이제 자신에게 쌓인 앙금이 풀렸다고 생각했는지 용기를 내서 넉살을 부렸다.

그 말에 대한이 대강 대답했다.

"예, 뭐."

"사실 이때부터가 진짜 시작이야. 내가 다른 사람이면 이런 충고 안 해 주는데 특별히 대한이 너니까 말해 주는 거고. 잘 들어, 소위 때 쌓은 자력은 중위 진급할 때 끝나. 중위 때 제대로 쌓아야 장기도 되고 대위도 다는 거라고."

이건 또 뭔 소리야?

근데 너 인사장교 아니냐?

그래서인지 참 한심했다.

인사장교라는 작자가 자력에 대해 이렇게나 모르다니.

'진급할 때 자력이 끝난다는 말은 또 처음 듣네.'

대한이 차현수의 자력을 떠올리며 물었다.

"그럼 선배님은 장기 신청하셨습니까?"

"나야 당연히 했지. 인사장교까지 와서 장기 신청 안 하는 놈이 어딨겠냐?"

그럼 고종민의 경쟁자가 차현수라는 건데…….

하.

대한은 갑자기 고종민이 무척이나 부러워졌다.

그도 그럴 게 저런 놈이 경쟁자라면 마음이 참 편할 것 같아서였다.

'물론 다른 대대 동기가 잘하고 있다고 듣긴 했다만…….'

그래도 눈앞의 경쟁자가 이따위라면 눈이라도 즐거울 터.

장기 신청 이야기가 나오자 차현수가 어깨를 으쓱이며 말했다.

"뭐, 너처럼 실력 좋은 애들도 진급이나 장기에 바로 선발 되긴 하는데 군 생활은 다 관운 아니겠어? 나 봐라. 중위 최고참에 떡하니 장기 자리에 앉아 있잖아. 나 말고 누굴 1번 주겠어?"

대한은 더 이상 대화하고 싶지가 않아 휴대폰을 꺼내 동기 심형준에게 전화를 걸었다.

물론 전화가 온 척 받는 연기를 하며.

"어디냐?"

―방이지.

"진급식 날인데 일찍 와야 하는 거 아니냐?"

─야, 오늘같이 우리를 위한 날이 또 어딨다고 그리 서두르냐. 천천히 가도 돼.

하긴 그것도 그렇지.

결국 안 온다는 말을 듣고 나니 아쉬웠다.

그만큼 차현수와 단 둘이 있어야 하는 시간이 늘어난다는 거니까.

그때였다.

지원과 문이 열리더니 누군가 모습을 드러냈다.

"충성! 잘 지내셨습니까, 선배님."

우렁찬 인사.

그러나 그의 얼굴을 본 대한은 조용히 눈을 감았다.

두 번째로 도착한 놈은 다름 아닌 윤지호였으니까.

(◆◆) 중위 진급

한숨이 나왔다.

산 넘어 산이라더니 하필 윤지호냐.

그러나 윤지호도 같은 생각이었는지 대한을 슬쩍 보고는 이내 차현수에게 미소를 보냈다.

그러자 자신을 대우해 주는 윤지호가 마음에 들었는지 차현수도 얼른 윤지호를 환영해 주었다.

"어, 왔어? 이리 와서 앉아."

"예, 선배님!"

윤지호가 대한의 맞은편에 앉으며 물었다.

"언제 왔냐? 같이 올라오지."

"그냥 출근하는 시간에 바로 올라왔어. 연락하지 그랬어. 그럼 기다렸을 텐데."

윤지호가 싫지만 대놓고 싫은 티를 낼 순 없다.

사람들은 자기 욕하고 자기 싫어하는 건 귀신같이 눈치채는 법이니까.

'괜히 긁었다 부스럼만 날라.'

그 말에 윤지호가 고개를 끄덕이며 시선을 차현수에게로 옮겼다. 윤지호도 별로 대한과 길게 대화를 나누고 싶지 않았기 때문이다.

"그나저나 선배님, 오늘 진급식 행사 진행하시지 않습니까?"

"어, 인사장교가 하는 거니까."

"어떻게 준비했는지 알려 주실 수 있으십니까?"

"이걸?"

"예, 저도 인사장교가 되면 해야 되지 않습니까."

"그래. 미리 배워 놓으면 좋지. 이리 와 봐. 간단하게 설명해 줄게."

"예!"

황당했다.

저거 내가 한 건데.

그래도 알은체 안 하기로 했다.

저렇게라도 나한테 관심을 안 준다면 그걸로라도 만족하니까.

근데 보면 볼수록 참 웃기다.

누가 보면 정말로 윤지호가 인사장교로 가는 줄 알았으니까.

그때 뒤늦게 정호준이 도착했다.

정호준이 모두에게 인사하자 대한이 자리에서 일어나 정호준을 데리고 밖으로 나갔다.

지원과에 계속 있고 싶지도 않았고 공기도 쐴 겸 해서 말이다.

정호준이 말했다.

"대한아, 진급 축하해."

"어, 그래. 호준이 너도 진급 축하한다. 근데 둘이 따로 왔네?"

"아, 내가 배가 아파서 먼저 가라고 했거든. 근데 대한아, 너도 장기하지?"

"응, 하지. 왜?"

"아니, 그냥 확인 차 한번 더 물어봤어. 근데 넌 보직 어디로 갈 거야? 슬슬 우리끼리 정해 놔야 된다고 하시더라고."

"그래?"

누가 그런 말을 했지?

대한이 대답했다.

"난 인사과장 가고 싶다고 대대장님한테 말씀드려 놨어."

"그래? 지호도 인사과장 갈 거라고 이야기하던데…… 인사과장 자리 힘든 자리 아냐?"

"어떻게 하느냐에 따라 다른 거 아니겠어? 편하게 하면 편하게 할 수 있겠지. 그래도 참모잖아. 호준이 넌 어디로 가려고?"

"난 참모는 별로 안 하고 싶어. 할 수만 있다면 그냥 소대장이나 한 번 더 했으면 좋겠어."

"흠…… 그래?"

대대에 중위 자리는 딱 3개였다.

인사과장, 정보장교, 본부중대장.

그런데 만약 정호준이 소대장을 한번 더 하고 싶다고 한다면 새로 오는 소위 중 하나가 이 세 자리 중 하나를 가야 했다.

'소위가 본부중대장 한다는 소리는 들어 본 적이 없다.'

그러니 아마 정호준의 바램은 이루어지지 않을 것이다.

실제로 전생에서도 정호준은 정보장교 자리로 갔으니까.

그러나 호랑이도 제 말하면 온다고 정호준의 말이 이어졌다.

"특히 정보장교 자리가 제일 싫어. 정보장교 하면 정작과장님이랑 같이 사무실 써야 하잖아. 정작과장님이 안 그래도 나별로 마음에 안 들어 하시는데 가면 많이 힘들지 않을까?"

"과장님이 어때서? 그분 좋으신 분이야. 그러니 혹시라도 정보장교로 가게 되도 너무 걱정하진 마."

"휴, 그래도 대대장님이 어디로 가고 싶냐고 물어는 보시겠지?"

"그렇지 않을까? 그때도 소대장 하고 싶으면 소대장 하고 싶다고 해."

"후, 그래야겠다."

그때 저 멀리서 심형준이 올라오기 시작했다.

"다들 왜 나와 있냐?"

"그냥 바람 좀 쐬러. 진급 축하한다."

"너희도 축하한다."

심형준이 옆에 서서 담배에 불을 붙이며 대한에게 말했다.

"그나저나 요즘 너무 잘나가시는 거 아닙니까, 김 중위님?"

"잘나가다니? 내가?"

"이놈 이거 시치미 떼는 거 보소. 너 표창 수집하고 다니는 거 우리 부대 사람들이 다 아는데 어디서 오리발이야?"

"그건 사연이 좀 깊다. 나중에 시간 많을 때 이야기해 줄게."

"그래도 동기 잘 되는 거 보니까 보기는 좋네. 마익형은 좀 아닌 것 같지만."

"마익형? 걔가 왜? 걘 육사잖아. 질투를 해도 우리가 질투해야 되는 게 맞지 않냐?"

"낸들 아냐, 자기가 주목받아야 하는데 자꾸 네가 주목받아서 그런 건가 보지. 그러니까 너만 믿는다. 마익형 좀 밟아 줘."

그 말에 대한이 피식 웃었다.

"밟아 주려면 최소 중령은 돼야 게임이 될 것 같은데…… 일단 뭐 알았다."

심형준이 담배를 다 피운 그때, 호랑이도 제 말하면 온다고 때마침 마익형이 흡연장으로 다가왔다.

"지원과에 없더니 다들 여기 와 있었냐?"

"너처럼 늦게 오는 게 아니고서야 당연히 흡연장에 있겠지. 그걸 질문이라고 하고 있냐?"

심형준의 날선 대답.

두 사람 사이엔 대한이 모르는 많은 일들이 있었던 듯했다.

그러자 마익형이 심형준을 무시하며 대한에게 말했다.

"넌 같은 주둔지에 있는데 얼굴 보기가 왜 이렇게 힘드냐? 혼자 너무 바쁜 거 아냐?"

"소대장이 바빠야 소대원들이 편하지. 넌 안 바쁘냐?"

"뭐, 바쁘게 움직일 수밖에 없겠지. 지휘 능력도 부족할 거고 지식도 부족할 테니까. 우리 쪽은 내가 편하게 있어도 잘 돌아가."

아.

심형준이 왜 그런 말을 했는지 이제야 이해가 됐다.

대한이 뭐라고 하려던 그때 심형준이 한 박자 앞섰다.

"지랄하네. 네가 편하게 있으니까 애들이 다른 간부들 찾아가잖아, 이 민폐 덩어리 새끼야."

"뭐 눈에는 뭐만 보인다고 네가 민폐 부리고 있으니까 그렇게 보이는 거겠지."

근데 마익형도 대단했다.

심형준이 아무리 공격해도 쉽게 흘려냈으니까.

근데 두 사람 사이가 원래 이렇게 안 좋았던가?

전생에는 이 정도는 아니었던 것 같은데?

'설마 나 때문인가?'

아니다.

그렇게 생각하지 말자.

결국 성격은 인성에서 비롯되는 법.

그때 심형준이 대한의 어깨를 감싸며 말했다.

"들어가자."

"그래."

들어가는 길에 대한이 물었다.

"근데 너네 둘이 맨날 이러냐?"

"엉."

"왜?"

"왜겠냐? 아까 말하는 거 못 봤어? 쟤는 저게 기본값이야. 육사 말고는 개무시하거든."

"아⋯⋯."

시대가 어느 땐데 옛날 군인 같은 짓거리를 할까.

그렇기에 대한은 이참에 마익형에 대한 태도를 확실하게 하기로 했다.

병사들의 주적이 간부이듯, 비육사의 주적은 육사였으니까.

그래도 내심 기분은 좋았다.

마익형 정도가 질투할 정도면 내가 군 생활을 잘하고 있다는 뜻이었으니까.

얼마 뒤, 지원과에 도착해 이런저런 이야기로 시간을 보내다

보니 어느덧 진급식 시간이 되었고 소위들 전부 복도로 나왔다.

진급식 행사를 위해 단장실로 이동해야 했기 때문이다.

차현수는 시나리오에 얼굴을 박은 채 중얼거리고 있었고 대한이 알아서 대형을 맞춰 이동했다.

잠시 후, 대한과 동기들이 단장실로 들어갔다.

그러자 이원영과 박희재가 박수치며 소위들을 맞이했다.

"명예로운 진급을 축하한다."

"역시 젊으니까 정복들이 잘 어울리는구만?"

그 말에 대한이 미소를 지었고 곧바로 진급식이 시작됐다.

행사 자체는 간단했다.

이원영과 박희재가 호명하는 이들의 계급장을 바꿔 달아 주면 끝이었으니까.

이내 소위 계급장이 있던 자리가 중위 계급장으로 바뀌었다.

행사가 끝난 뒤엔 이원영과 개인 촬영을 했다.

이원영이 대한의 정복을 정리해 주며 말했다.

"이제 김 중위네."

"중위 김대한! 예, 그렇습니다!"

"아직도 계급이 안 어울리는 것 같다만…… 그래도 소위보단 중위가 어울리는구나."

나한테 어울리는 계급이라…….

그게 어떤 계급일까?

확실한 건 대위는 아니었다.

아니, 대위가 어울리긴 싫었다.

대위 견장은 오랫동안 달아 봤으니까.

그때 안유빈이 카메라를 들며 말했다.

"이제 촬영하겠습니다. 하나, 둘, 셋!"

그렇게 모든 동기들의 촬영이 끝나고 이원영과의 간담회가
시작됐다.

이원영은 중위들을 둘러보며 흡족한 듯 고개를 끄덕이며 물
었다.

"힘든 소위 시절을 지나 중위가 되니 다들 어떤 것 같나?"

보통 이런 질문에는 대한이 거의 대신 대답했다. 하지만 이
번엔 위기를 느낀 마익형이 먼저 대답했다.

"계급장의 무게가 더욱 느껴지는 하루인 것 같습니다!"

"하하, 하나에서 두 개가 되었으니 무겁긴 하겠지. 형준이 너
는?"

"이젠 다른 부대에 협조 요청할 때 좀 수월해질 것 같습니
다."

그 말에 이원영이 웃음을 터뜨렸고 다른 동기들도 조용히 웃
음을 흘렸다.

"하하, 소위라고 하면 무시했구나? 그런 건 나한테 이야기하
지 그랬냐."

"아닙니다. 충분히 해결할 수 있었습니다."

"그래, 군인이라면 그래야지. 그래도 이젠 중위가 됐으니 그럴 일이 적을 게다."

이어서 윤지호와 정호준도 같은 질문을 받았고 각자 진부한 대답들을 했다.

이원영은 마지막으로 대한을 보며 물었다.

"대한이는?"

그 물음에 대한이 생각해 둔 바를 이야기했다.

"저도 어제까진 다른 동기들과 느낀 걸 비슷하게 느끼고 있었습니다. 그런데 오늘 이렇게 있어 보니 중위는 저희가 무언가 선택을 할 수 있는 계급인 것 같습니다."

"선택? 그게 무슨 말이지?"

"소위 때는 군이 정해 주는 부대와 보직에 가야 하지만 중위 때부터는 본인이 희망하는 자리에 갈 수 있다는 것을 말씀드리는 것입니다."

"흠…… 본격적인 경쟁이 시작되었다 이 말인가?"

"예, 이젠 보호기간이 끝났다는 생각이 들었습니다."

소위니까 모를 수도 있지.

이런 건 이제 끝이었다.

그러니 중위가 된 지금부터가 진짜라는 것.

그 말에 이원영이 고개를 끄덕이며 중위들을 보았다.

"다 맞는 말이다. 대한이가 말한대로 이제 보호기간은 진짜로 끝이야. 그러니 다들 각별히 조심하고 행동 하나하나에 주의를 기울이기 바란다."

그 말에 중위들은 다들 생각이 깊어졌다.

이원영은 이들을 보며 고개를 끄덕이고는 자리에서 일어났다.

"자, 그럼 이제 얼른 퇴근들 해 보거라. 휴가 잘 즐기고 오고 부모님께 감사하다고 전하는 거 잊지 마라."

"예, 알겠습니다!"

대한은 단장실에서 나오자마자 대대 동기들을 불렀다.

"대대장님한테 갔다가 가자."

"지금? 바로 휴가 출발하는 거 아니야?"

정호준의 되물음에 윤지호가 미간을 찌푸리며 말했다.

"넌 직속상관한테 인사도 안 하냐? 너 삼사 맞아?"

"아, 그렇네. 하하, 가자."

참 순수한 친구야.

세 사람은 이내 곧 대대장실로 향했다.

그때, 윤지호가 대한에게 말했다.

"김대한."

"왜?"

"너 인사과장 한다고?"

그 말에 대한은 정호준을 쳐다봤고 정호준은 대한을 모른 척하기 시작했다.

'그새 말했냐, 순수하다는 거 취소다.'

대한이 속으로 혀를 차며 말했다.

"응, 희망하지. 왜?"

"나도 대대장님한테 말씀드리려고."

"그래."

대한이 담백하게 대답하자 묘하게 자존심이 상했는지 윤지호가 인상을 구기며 말했다.

"대답이 뭐가 그러냐? 나 따윈 안중에도 없다는 거냐?"

"피해망상 있냐? 희망은 할 수 있잖아?"

"무시하는 게 아니고?"

흠.

티가 좀 났나?

대한이 어깨를 으쓱이며 대답했다.

"설마 그럴 리가. 대대장님 기다리시겠다. 얼른 가자."

대한은 속도를 올려 대대 막사로 이동했다.

대대장실에 들어가자 박희재가 중위들을 맞아 주며 마실 것들을 내주었다.

"대대에 중위들이 많아지니 든든하구나. 그래, 단장님이랑 무슨 이야기들 하고 왔냐."

"중위를 단 기분이 어떤지 여쭤보셨고 각자 느낀 바를 답하고 왔습니다."

대한의 대답에 박희재가 고개를 끄덕였다.

"한 번씩 그런 걸 생각해 주는 게 좋지. 난 따로 질문할 건 없고 오랜만에 본 김에 할 말 있으면 다들 편하게 해 보거라."

대한은 박희재에게 따로 할 말이랄 게 없었다.

할 말이 생기면 알아서 찾아 하고 있는 중이었으니까.

박희재도 그걸 알고 있는지 대한보다는 다른 동기들을 쳐다보았다.

그때 윤지호가 조심스럽게 손을 들었다.

"드릴 말씀이 있습니다."

"어, 그래. 지호. 말해 봐라."

"저 인사과장 하고 싶습니다."

그 말에 대한의 눈이 커졌다.

다 같이 있는 자리에서 그런 말을 한다고?

박희재도 놀란 건 마찬가지였는지 눈을 크게 뜨고는 말을 잇지 못했다.

그러나 윤지호는 전혀 아랑곳 않고 바로 본인을 어필하기 시작했다.

"인사과장을 하기 위해 대대 인사과장은 물론 단 인사장교에게도 인사 업무를 배우는 중입니다. 이제는 업무가 어느 정도 파악이 된 상태이며 보직 교체가 되더라도 적응 기간 없이 바로 임무수행이 가능합니다."

그 말에 대한의 고개가 기울어졌다.

고종민과 꽤 많은 시간을 보냈지만 고종민한테서 윤지호의 이름은 들어 본 적이 없었으니까.

그때 박희재의 시선이 대한에게로 왔다.

대한은 자연스럽게 눈을 피했고 박희재의 눈은 목적지 없이 이리저리 굴러다녔다.

그러자 윤지호가 또다시 박희재에게 어필했다.

"대대에 있는 소대원들 중 저희 소대에 병력이 제일 많고 이 소대원들을 사고 없이 이끌고 있기에 다른 인원들 보다 인사과장에 자질이 있다고 생각합니다."

그러고는 한쪽 입꼬리를 올리며 마치 본인이 이겼다는 것처럼 대한을 바라봤다.

근데 저거 지금 설마 곽주진 때문에 저런 소리를 하는 건가?

뉘앙스가 그랬다.

그렇기에 어이가 없었다.

'운 좋게 조용한 애들 데리고 있었던 거면서 유세는.'

따지고 보면 대한은 부대에 숨어 있던 악마를 본인의 실력으로 잡아낸 것이었으니 관리 측면에서만 본다면 오히려 대한이 더 대단했다.

박희재도 이 사실을 잘 알고 있었기에 윤지호의 말에 쉽게 대답하지 못했다.

'곤란하겠지.'

이건 지휘관의 권한이었다.

일개 중위가 중령에게 감 놔라 배 놔라 할 수 있는 게 아니었다.

하나 박희재는 적잖게 당황했는지 화도 내지 않고 도리어 차분하게 설명했다.

"크흠…… 윤 중위. 그건 내가 고심하고 결정할 거니까 너무 신경 쓰지 마라. 아직 3개월 남았잖아. 그때까지 하는 걸 보고 내가 판단해서 옳은 결정을 내리마."

하지만 윤지호는 아쉬운 마음에 쉽게 포기하지 못했다.

"혹시 제가 부족한 걸 말씀해 주시면 감사하겠습니다. 휴가 동안 채워 오겠습니다."

"아니, 그런 게 아니라…… 하, 일단 휴가 출발해라. 이건 조만간 내가 따로 불러서 말해 주겠다."

"예, 알겠습니다."

대한은 박희재의 말에 곧장 자리에서 일어났다.

윤지호도 굳은 얼굴로 자리에서 일어났고 그때 박희재가 윤지호를 빤히 쳐다보며 말했다.

"윤지호."

"중위 윤지호!"

"……진급 축하한다. 가 봐라."

"예, 알겠습니다."

자기만 축하해 주자 윤지호가 웃는다.

멍청한 놈.

저건 일종의 경고였다.

하지만 윤지호는 알지 못했고 그대로 대대장실을 나섰다.

이윽고 대한도 나가려 하자 박희재가 한숨을 내쉬며 대한에게 말했다.

"대한아, 나가는 김에 과장 좀 들어오라고 해라."

"예, 알겠습니다."

대한은 동기들과 헤어진 뒤 바로 여진수를 찾아갔다.

"충성!"

"이야, 김 중위! 진급 축하한다!"

"하하, 감사합니다. 과장님."

"이제 좀 데리고 다닐 맛이 나겠구만?"

그 말에 대한이 자신의 견장을 가리키며 말했다.

"이제 이거 하나만 더 생기면 저 데리고 가셔야 합니다."

"오냐. 당연하지 이놈아."

여진수는 대한의 어깨를 두드려 주며 중위 진급을 축하했고 대한은 바로 박희재의 호출을 알렸다.

"과장님. 대대장님이 들어오라고 하셨습니다."

"어, 알겠다. 근데 왜 부르시는지 아냐?"

"아마 저희 보직 문제 때문에 부르시는 것 같습니다."

"너희 보직 문제인데 왜 날 부르셔?"

"그게……."

대한은 좀 전의 자초지종을 모두 설명하려다 그냥 본인과 윤지호가 동시에 인사과장을 희망한다는 것만 이야기했다.

군이 자초지종을 설명해서 나쁜 소문을 퍼트리는 주체가 되는 게 싫었기 때문이다.

'내가 지금 먼저 말하게 되면 분명 여진수나 정우진이 윤지호를 잡을 게 뻔하고 그럼 윤지호 성격상 나한테 이상한 오해를 하게 되겠지.'

그게 싫었다.

이윽고 설명을 들은 여진수가 머리를 긁적였다.

"흠…… 겹칠 수야 있지. 근데 하필이면 너랑 겹치냐. 아무튼 알겠다. 바로 휴가 출발하냐?"

"나오실 때까지 기다립니까?"

"뭘 기다려. 얼른 출발해라."

"예, 알겠습니다. 그럼 고생하십쇼. 충성!"

여진수는 기분 좋게 대한의 경례를 받아 준 뒤 대대장실로 들어갔다.

그런데 박희재의 상태가 별로 좋지 못한 걸 보고 조심스럽게 자리에 앉으며 물었다.

"괜찮으십니까?"

"진수야, 요즘 애들 왜 이렇게 당돌하냐. 나 때는 대대장 그림자만 봐도 피하고 그랬는데."

"하하, 답답하게 아무 말도 안 하는 것보단 낫지 않습니까?"

"그것도 그런데…… 하, 윤지호가 인사과장 시켜 달라더라."

"안 그래도 대한이한테 듣고 왔습니다."

여진수의 대답에 박희재가 자세를 고쳐 앉으며 물었다.

"들었다고?"

"예, 윤지호가 대대장님한테 건의했다고 들었습니다만?"

"내가 널 잘못 봤나?"

"그게 무슨 말씀이십니까?"

"그걸 듣고도 왜 이렇게 기분이 좋아 보이냐? 너 설마 윤지호의 행동이 괜찮다고 생각하는 거야?"

여진수는 박희재의 질문에 머리가 빠르게 돌아가기 시작했다.

'갑자기 왜 이러시지? 내 행동에 뭐 잘못된 게 있나?'

대한이 말한 대로라면 잘못된 건 없었다.

하지만 이는 박희재가 원하는 대답이 아닌 듯했다.

그래서 그냥 바로 물어보았다.

"대대장님. 죄송하지만 조금 전에 있었던 상황을 좀 말씀해 주실 수 있겠습니까?"

"이미 들었다며?"

"아무래도 대한이가 최소한의 상황만 저에게 말해 준 것 같습니다."

그 말에 박희재가 고개를 끄덕이더니 모든 사실을 말해 주었고 여진수 또한 고개를 끄덕였다.

"역시 최소한만 말해 준 게 맞았습니다. 대한이는 윤지호가 대대장님께 인사과장을 하고 싶다는 말만 건의했다고 했고 자세한 내용은 말해 주지 않았습니다. 아마 동기의 이미지 때문에 내용을 축소한 것 같습니다. 만약 그대로 말해 줬다면 제가 윤지호를 불러서 미리 혼냈을 겁니다."

"그렇지? 그건 좀 아니지 않냐? 선 넘은 거 맞지?"

"예, 당연합니다. 이건 누가 봐도 건방진 행동입니다."

"그치? 아깐 너무 놀라서 뭐라고 하지도 못 했네…… 그나저나 대한이 그놈, 그 와중에도 동기를 배려하다니 참 속 깊은 놈이야."

"예, 대한이가 적을 안 만드는 스타일인 것 같습니다."

"근데 아무리 자기가 조심한다고 한들 생길 적은 꼭 생기잖아? 윤지호 그놈, 나한테도 이렇게 말하는데 동기들끼리 있으면 더 할 거다. 하물며 다른 부대 가면 더더욱이."

"그럴 것 같습니다. 조심해야 하는 부류이긴 합니다."

"조용히 처리하고 싶은데 뭐 방법 없나?"

그 말에 여진수가 잠시 고민하더니 이내 해결책을 내놓았다.

"이런 방법은 어떻습니까?"

"뭔데?"

"조만간 간부자격인증평가 있는 거 알고 계시지 않습니까?"

"알지. 작전사에서 강조하는 거잖아."

"그걸 이용하면 어떻겠습니까?"

간부자격인증평가란 병자격인증평가의 간부 버전이었다.

당연히 특급전사도 존재했고 병사들과는 다르게 작전사에서 직접 평가관이 나와 모든 시험을 감독했다.

그렇기에 부대에서 치러지는 인증 평가보다 난이도가 훨씬 높았고 모든 종목에 최고점을 받아야 하는 특급전사는 아무리 대한이라도 쉽게 딸 수가 있는 게 아니었다.

그렇기에 꽤나 괜찮은 방법이었다.

어려운 만큼 공정성은 확립될 테니.

하지만.

"근데 만약 대한이가 떨어지고 윤지호가 붙으면?"

"대한이 못 믿으십니까?"

"크큭, 그것도 그렇지."

여진수의 되물음에 박희재가 웃으며 자신의 잘못을 인정한다.

✳

휴가 출발 전, 대한은 소대원들과 간단하게 기념 촬영을 했다. 그리고 이영훈에게도 축하를 받았다.

"이야, 대한이가 이제야 중위를 달았네. 장교도 조기 진급 제도가 있어야 하는데 말이야."

"하하, 조기 진급 말씀이십니까?"

"어, 너 같은 놈이 소위 계급 달고 있는 게 좀 이상했거든. 물론 중위도 어색하긴 해. 그러니까 얼른 얼른 진급해라."

"잘 챙겨 주셔서 감사합니다. 앞으로도 잘 부탁드리겠습니다."

진심이었다.

전생에는 이영훈이 이런 사람인지 몰랐던 것이 후회스러울 정도였다.

'그때는 내 잘못도 있었지.'

입장을 바꿔서 생각해 봐도 이영훈이 대한을 좋아할 수가 없었다.

뭘 시켜도 애매하게 해 오는데 어떤 지휘관이 좋아하겠나.

더군다나 의욕 넘치는 스타일도 아니었기에 이영훈의 입장에서는 답답했을 터.

대한의 감사 인사에 이영훈이 코를 비비며 말했다.

"잘 부탁하기는…… 나도 잘 부탁한다, 그나저나 휴가 복귀하고 나면 회식하냐?"

"진급턱 말씀이십니까?"

"중위 때는 없었나? 기억이 안 나네."

겨우 한 칸 올라간 주제에 기억이 안 나기는 개뿔.

그냥 사라는 소리였다.

남들 같았으면 그러지 않았겠지만 이영훈은 대한의 재력을 어렴풋이 알고 있었기에 일부러 말해 본 것.

그래서 흔쾌히 수락했다.

"시원하게 쏘겠습니다."

"크, 역시. 대한이 답다. 그래, 얼른 휴가 출발해 봐라."

"예, 다녀오겠습니다! 충성!"

대한은 순식간에 위병소를 벗어났고 대구로 향하는 고속도로에 올랐다.

그때 대한의 휴대폰이 울렸고 발신자를 확인한 대한은 얼른 차를 길가에 세우고 전화를 받았다.

"충성! 중위 김대한!"

─어이, 김 중위! 진급 축하한다.

"예, 감사합니다!"

발신자는 다름 아닌 추지훈이었다.

살다 살다 소장의 진급 축하를 다 받아 보다니.

심지어 소위에서 중위 올라갈 때 받은 축하라 더 신기했다.

그렇기에 대한은 다짐했다.

'이 양반한테는 진짜 잘해야겠어.'

추지훈이 물었다.

─휴가 가는 중인가?

"예, 그렇습니다. 본가로 돌아가 가족들이랑 시간을 좀 보내려고 합니다."

─친구들 만나서 술 먹는 건 아니고?

"술은 제 취향이 아니라서 즐기진 않습니다."

─허, 담배도 안 피우고 술도 안 하면 대체 무슨 재미로 사나?

"하하, 군 생활에 빠져서 살고 있습니다."

-얼씨구? 넌 나간 김에 정신병원에 가서 머리 검사 좀 받아라.

"하하, 예, 그러겠습니다. 연락해 주셔서 감사합니다. 소장님 덕분에 행복한 하루가 될 것 같습니다."

-자식이 말은 잘해요. 무튼 좋은 하루 보내라. 아, 그리고 행복나눔 125 페스티벌 기억나냐?

"예, 당연히 기억하고 있습니다."

기억 못 할 리가.

전 군이 듣고 있는 자리에서 1만 명한테 휴가 뿌리자고 제안했는데.

추지훈이 웃으며 말했다.

-그래, 네가 한 건데 당연히 기억해야지. 그래서 말인데 내가 그거 심사위원으로 널 넣었다.

"자, 잘못 들었습니다?"

-조만간 시작할 것 같은데 나중에 국방부로 와서 심사해라, 1만 명이다.

"소, 소장님?"

-끊는다.

그리고 통화가 종료됐다.

대한은 통화가 종료된 휴대폰 화면을 멍하니 바라봤다.

분명 조금 전까지 무척이나 행복했다.

근데 갑자기 그 행복이 싹 달아났다.

'아니 국방부에 가는 건 좋은데 한두 명도 아니고 1만 명이라니……?'

대한은 상상할 수 없는 까마득한 업무량에 핸들에 머리를 박았다.

다음 권으로 이어집니다

귀신같은 창귀槍鬼가 돌아왔다,
때 묻지 않은 어린 시절의 몸으로!

피로 몸을 씻던 전장의 막단 독종
구르고 굴려 제고의 경지까지 올랐으나……

협교의 협겁을 막기 위한 회귀인가
의형제의 복수를 위한 회귀인가
알 수 없다
전생에서 그를 막던 모든 것을 칠 뿐

"내 의형의 가슴팍을 칼로 도려내기도 했고?"
"무, 무슨 소리야…… 그런 적 없어!"
"그런 적 있어, 기억은 안 나겠지만."

매 걸음마다 피도 눈물도 없는 전투
세상 모든 것이 그를 꺾으려 든다!

꿈의 도약, 로크에서 하십시오
(주)로크미디어에서 신인 작가를 모십니다

즐거운 세상, 로크미디어는 꿈을 사랑하고 도전을 두려워하지 않는 작가 분들의 참신한 작품을 기다리고 있습니다. 21세기 장르 문학계를 이끌어 갈 차세대 선두 주자 (주)로크미디어에서 여러분의 나래를 활짝 펴 보시길 바랍니다.

모집 분야 판타지와 무협을 포함한 장르 문학
모집 대상 아마추어 작가, 인터넷 작가
모집 기한 수시 모집
  작품 접수 시 유의 사항
  1. 파일명은 작가명_작품명.hwp형식을 갖춰 주십시오.
  1. 파일에 들어갈 내용은 다음과 같습니다.
    ― 성명(필명인 경우 실명을 밝혀 주세요), 연락처, 이메일 주소
    ― 제목, 기획 의도
    ― A4용지 1장 분량의 등장인물 소개
    ― A4용지 2장 분량의 전체 줄거리
    ― 본문
  1. 작품이 인터넷에 연재되고 있다면, 게시판명과 사이트의 구체적이고 정확한 주소를 기재해 주십시오.

선택된 작품은 정식 계약 후 출판물로 간행되어 전국 서점에 유통됩니다.
작가 분은 (주)로크미디어의 전폭적인 지원하에 전속 작가로 활동하시게 됩니다.
※ 자세한 내용은 로크미디어 홈페이지(rokmedia.com)를 참조하세요.

(04167)서울시 마포구 마포대로 45 일진빌딩 6층
(주)로크미디어 편집부 신간 기획 담당자 앞
전화 : 02) 3273-5135
www.rokmedia.com   이메일 : rokmedia@empas.com